LA SEDUZIONE DEL DUELLANTE

LAUREN SMITH

Traduzione di
ERNESTO PAVAN

Questa è un'opera di fantasia. Nomi, personaggi, luoghi ed eventi sono il prodotto dell'immaginazione dell'autrice o sono utilizzati in maniera fantasiosa. Qualunque riferimento a eventi, luoghi o persone (vive o defunte) è puramente casuale.

Copyright 2015 by Lauren Smith

Editing dell'originale di Theresa Cole

Copertina di Carpe Librum Book Design

L'estratto da *La seduzione del libertino* (titolo originale: *The Rakehell's Seduction*] è Copyright 2017

Traduzione di Ernesto Pavan

Tutti i diritti riservati. In base all'U.S. Copyright Act del 1976, la scansione, il caricamento e la condivisione elettronica di qualunque parte di questo libro senza il permesso dell'editore costituisce un atto di pirateria e un furto della proprietà intellettuale dell'autrice. Se volete utilizzare del materiale estratto da questo libro (con scopi diversi dalla recensione), è necessario il permesso scritto dell'editore, raggiungibile a lauren@laurensmithbooks.com. Grazie per aver sostenuto i diritti dell'autrice.

L'editore non è responsabile per i siti web (o i loro contenuti) non di sua proprietà.

ISBN Ebook: 978-1-947206-58-8

ISBN: Print: 978-1-947206-59-5

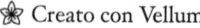 Creato con Vellum

I

Il cielo prima dell'alba luccicava di stelle sfavillanti mentre Helen Banks si preparava al duello. Aveva i capelli raccolti e fermati dietro la nuca, per nasconderne la massa folta e darle un aspetto mascolino; sperava che il travestimento avrebbe retto. Dopo aver controllato la maschera nera che le copriva il viso, riprese a camminare. Trasse un lungo respiro profondo per farsi forza mentre si sistemava i pantaloni e la giacca nera che aveva rubato dal guardaroba di suo fratello.

Il campo aperto vicino alla città termale di Bath era silenzioso. Due carrozze attendevano in lontananza a bordo strada, mentre di fronte a lei aspettavano due uomini, che la osservavano mentre si avvicinava. Nemmeno un soffio di vento osava smuovere l'erba alta fino al ginocchio mentre Helen raggiungeva il suo avversario e il secondo di lui. Entrambi gli uomini indossavano a loro volta delle maschere per celare le loro identità, nel caso qualcuno avesse assistito al duello illegale. Il cielo pallido giocava con le ombre della notte in ritirata, proiettando un'aria di malinconia nel momento in cui Helen si fermò a pochi centimetri dai due uomini.

"Siete in ritardo, signor Banks," annunciò con freddezza il più alto dei due.

Con le sue spalle ampie e il fisico muscoloso, Gareth Fairfax era un personaggio davvero imponente. Sembrava perennemente in tensione, come se fosse sempre pronto a colpire chiunque avrebbe potuto offenderlo. Capelli scuri incorniciavano i suoi lineamenti cesellati e gli occhi che facevano capolino col loro sguardo torvo dai buchi nella maschera erano di un blu impenetrabile. Erano il genere di occhi in cui le donne si perdevano; guardare dentro di essi era come guardare in una pozza d'acqua scura che sembrava non avere fondo, attirando Helen dentro di sé fino a impedirle di ritrovare la via per la superficie. Helen riconobbe le labbra piene e sensuali, ora assottigliate dalla rabbia, e il bagliore degli occhi che la stavano guardando. Non era mai stata più felice per il fatto che la flebile luce del primo mattino non la rivelasse come donna.

Detestava il pensiero che, persino in quel momento, di fronte alla prospettiva di morire per mano di Gareth, lei lo desiderava comunque. Dopo averlo visto da lontano nel corso degli ultimi mesi, era rimasta ammaliata. Gareth – perché era così che Helen lo chiamava in sogno, non 'signor Fairfax' – aveva un certo modo di fare, un certo magnetismo animale, che la attiravano, col suo sguardo cupo e i suoi movimenti rilassati. Il peccato personificato: così Helen l'aveva sentito descrivere da una donna a un ballo. Ed era vero. Persino gli angeli sarebbero stati tentati di andare all'inferno per una sua occhiata, un suo lungo sguardo seducente. Gareth sorrideva molto raramente; nei mesi da che Helen lo guardava, lei glielo aveva visto fare solo due volte. In entrambe le occasioni, il sorriso di lui l'aveva sconvolta per la sua intensità.

L'uomo non la notava mai nel corso degli eventi sociali. Helen era sempre rimasta vicina al muro, silenziosa e persa nei suoi sogni, mentre lo fissava con le palpebre pesanti. Sapeva che era sciocco guardarlo e provare una simile fame per ciò che il suo atteggiamento cupo prometteva. L'uomo le era passato accanto nel corso di numerose occasioni, ma la sua testa non si era mai voltata, né il suo sguardo si era mai posato su di lei. Persino ora che Helen gli stava di fronte, pronta a morire per mano sua, sapeva che egli la credeva suo fratello gemello, Martin.

Se avesse scoperto che Helen era una donna, sarebbe inorridito

CAPITOLO 1

e si sarebbe infuriato. Soprattutto considerato che lei aveva deciso di partecipare a quel duello solo per salvare la vita di suo fratello.

Helen osservò per qualche istante il secondo del suo avversario. Era alto quanto Gareth e il suo volto era quasi altrettanto bello.

Helen ingoiò tremando una boccata d'aria. "Ho avuto un contrattempo." Pregò che la sua voce avesse un suono brusco e mascolino.

Gli occhi di Gareth erano due sfere scure nelle quali ardeva una rabbia controllata a stento. Cambiò posizione irrequieto, la sua sagoma imponente rivelata per un istante dalla giacca blu scuro che disegnava la sua forma.

"Costui è il vostro secondo?" Il ringhio dell'uomo le mandò brividi lungo la schiena mentre il suo sguardo correva all'individuo tarchiato sulla trentina alle spalle di Helen. Lei voltò la testa, spalancando gli occhi per incoraggiare silenziosamente il suo secondo ad avvicinarsi.

"Sì," rispose il signor Rodney Bennett con un inchino.

"Signor Banks, io sono il signor Ambrose Worthing," annunciò cordialmente il secondo di Gareth.

Beh, finalmente qualcuno si comportava da gentiluomo. "Signor Worthing," disse Helen, badando a mantenere un tono di voce basso. "Permettetemi di presentarvi il mio secondo, il signor Rodney Bennett."

Bennett oltrepassò Helen e lui e Worthing si strinsero le mani. Bennet offrì le pistole all'ispezione di Worthing. Poiché non erano stati Gareth e Worthing a portare le armi, quel compito spettava a lei, in quanto parte sfidata. Mentre i due uomini si allontanavano da lei e Gareth, Helen cercò di non fissare quest'ultimo. Egli era di una bellezza impossibile, quel genere di fascino oscuro e misterioso che le donne non potevano ignorare. Guardarlo era come posare lo sguardo sul volto di un dio irato, tutto fuoco e possanza, pronto a incenerirla con la sua passione.

Il suo avversario la fulminò con lo sguardo. "Immagino di dover confidare nel fatto che non abbiate sabotato la mia pistola."

Il tono di voce gelido dell'uomo le fece rizzare i capelli per l'indignazione. "Avete la mia parola: l'arma funziona," scattò Helen. Proprio lui la accusava di imbrogliare!

"La vostra parola? Non saremmo qui se potessi fidarmi della vostra parola. Un uomo che non onora i propri debiti potrebbe ritenere superfluo onorare le regole di un duello," ribatté Gareth.

Helen avrebbe voluto mettersi a urlare. Serrò le mani a pugno. Le unghie le scavarono dolorosamente nei palmi mentre cercava di calmarsi. Avrebbe voluto percuotere suo fratello, il cui comportamento incauto e sconsiderato l'aveva ficcata in quel guaio.

"Calmatevi, Fairfax. Entrambe le pistole sembrano utilizzabili," annunciò Worthing mentre lui e Bennet tornavano da loro.

Helen trasse un sospiro di sollievo mentre Bennett riprendeva posto alle sue spalle. Gli aveva dato gli ultimi soldi che aveva perché le fungesse da secondo. Non lo conosceva davvero: si erano incontrati solo brevemente, quando lei aveva dovuto trascinare via suo fratello dai tavoli da gioco qualche sera prima. Quando lei lo aveva avvicinato, Bennet aveva cercato di convincerla a cambiare idea; ma dopo che gli aveva offerto del denaro, lui non aveva potuto rifiutare e aveva accettato di aiutarla a prendere il posto di suo fratello per il duello. Pur essendo un gentiluomo, il giocatore d'azzardo che era in lui bramava qualunque cifra su cui potesse mettere le mani per tornare a giocare. Helen era fortunata che l'uomo non si fosse giocato la coppia di pistole che possedeva; in caso contrario, avrebbe dovuto soggiacere all'immensa umiliazione di presentarsi a un duello disarmata.

"Ora," disse il signor Worthing, "prima di risolvere la questione, c'è la possibilità che voi e il signor Banks possiate appianare in altro modo le vostre divergenze?"

Helen cominciò ad annuire, desiderosa di trovare un modo per risolvere la disputa senza spargimenti di sangue, ma Gareth prese la parola, arrestandola.

"Il signor Banks ha accumulato col sottoscritto un debito di oltre mille sterline. Non è riuscito a ripagarmi nel corso degli ultimi tre mesi. Inoltre, ieri sera ha creato una passività di ulteriori cinquecento sterline, scommettendo denaro che non possedeva."

CAPITOLO 1

Helen deglutì a fatica; un doloroso groppo alla gola la stava strozzando. *Martin, dannato imbecille...*

"Perché avete preso per buone le sue cambiali, allora?" chiese Rodney. "Vi ho visto accettare di giocare con lui. Non eravate obbligato a farlo."

"Banks aveva con sé del denaro. Ho dato per scontato che avesse risanato la propria situazione economica e che avrebbe saldato i suoi debiti con me." Gareth lanciò un'occhiata nefasta in direzione di Helen. "Sparargli sarà un piacere."

Helen sostenne il suo sguardo per un istante, rimpiangendo nel profondo dello stomaco di non essersi resa conto che non era il caso di affidarsi al senso di responsabilità di suo fratello gemello, troppo infantile per un gentiluomo di ventun anni. Invece di aiutarla a trovare un posto di lavoro come istitutrice – le loro finanze navigavano in cattive acque dopo la morte dei loro genitori, ed era improbabile che uno dei due riuscisse a contrarre un matrimonio vantaggioso – Martin aveva perso quel poco che avevano a vantaggio di uomini come Gareth Fairfax, che di denaro ne avevano in abbondanza.

Un uomo che ora avrebbe preso la sua vita come pagamento di un debito da lei non dovuto. Ma cos'altro poteva fare Helen? Non poteva lasciare che Martin morisse. Un uomo aveva diverse possibilità per sopravvivere; una donna non ne aveva, o perlomeno, quelle che restavano l'avrebbero spinta a disprezzare se stessa per il resto della sua vita.

Il suo ricordo della sera prima era colmo di furia e delusione nei confronti di Martin. Aveva avuto un tuffo al cuore quando si era ritirata e aveva trovato la stanza di suo fratello vuota. Tutte le sue speranze erano svanite nel momento in cui aveva scoperto che lui era tornato a giocare.

Si era nascosta tra le ombre fuori dalla bisca, cercando di non farsi vedere dai passanti. L'odore dell'alcol le aveva punto il naso e le risate sguaiate che riecheggiavano dall'interno le avevano mandato brividi di freddo lungo la schiena. Se fosse stata vista fuori da un locale del genere, sarebbe caduta in disgrazia. Bennett aveva promesso di far uscire Martin, ma quando suo fratello era uscito, a trascinarlo con violenza era stato un gentiluomo dai capelli scuri, un uomo che lei conosceva, un uomo che ammirava da lontano da alcuni mesi.

"Onorerò il mio debito, signor Fairfax," aveva biasciato ripetutamente Martin, ubriaco marcio.

Gareth Fairfax, uscito assieme al fratello di Helen, aveva afferrato Martin per il colletto della giacca e lo aveva sbattuto contro il muro di pietra dell'edificio più vicino.

"Onorare il vostro debito? Con cosa, di grazia? Avete giocato l'ultima mano senza uno scellino in tasca," aveva ringhiato Gareth. "Non avete nemmeno onorato le vostre cambiali nel corso delle ultime occasioni di gioco. Esigo soddisfazione." Gareth aveva poi lasciato andare Martin, che si era lasciato cadere contro la parete con aria sconfitta.

Martin aveva chinato la testa in segno di sottomissione. "Scegliete luogo e momento."

"C'è un campo, a tre chilometri a est della taverna Crow. Fatevi trovare laggiù domani mattina, un'ora prima del sorgere del sole. Ci sarà la luna piena. Dovrebbe bastare. Non ho alcuna intenzione di vedermi costretto a lasciare il Paese a causa vostra. Portate con voi un secondo e le armi di vostra scelta." Gareth si era poi allontanato a grandi passi, lasciando solo Martin. Suo fratello aveva scosso la testa come per schiarirsela e, con passo piuttosto incerto, aveva cominciato a camminare nella direzione di Helen.

Quando era passato accanto all'alcova dove lei si era nascosta, Helen era uscita e lo aveva colpito sulla spalla, il più duramente possibile. Era stata furiosa. "Imbecille! Quell'uomo ti ucciderà!"

"Helen?" aveva detto sconcertato Martin. "Cosa diavolo ci fai qui? Dovresti essere a casa."

Helen aveva stretto gli occhi. "Speravo di tirarti fuori da quel posto prima che tu perdessi tutto ciò che possediamo. Sembra che sia arrivata troppo tardi." Aveva parlato sperando che quell'accusa avrebbe fatto soffrire suo fratello. Se lo meritava.

Martin le aveva lanciato un'occhiata di sottecchi. Sotto la luce del lampione, Helen aveva visto il senso di colpa scurire la sua pelle leggermente abbronzata.

"Mi dispiace, Helen... pensavo che sarei riuscito a rifarmi." Il tono di Martin era colmo di dispiacere, ma l'effetto era stato un po' rovinato dal singhiozzo.

Helen aveva aspettato che Martin dicesse qualcosa, ma così non era accaduto. Poi, aveva preso la parola con la voce carica di paura e di furia. "Ti proibisco di presentarti al duello, domani mattina. E se tu dovessi morire, Martin?"

"Non morirò," aveva risposto cupamente suo fratello. "Sono un ottimo tiratore. Ho buone possibilità."

"Buone possibilità di cosa?" aveva esclamato Helen, quasi strillando. "Di uccidere un uomo ed essere costretto a lasciare il Paese? Ti importa qualcosa di ciò che mi accadrebbe senza di te?"

"Tutto qui quello che sono? Qualcuno che si prende cura di te?" aveva ribattuto Martin.

Con gli occhi colmi di lacrime, Helen aveva gettato le braccia attorno a suo fratello. "No, idiota. Io ti voglio bene. Non voglio perderti. Come fai a non capire? Dopo che mamma e papà..." La sua voce si era rotta, ma lei si era costretta a proseguire. "Non *posso* perdere anche te."

"Beh, tutto ciò non ha importanza, no? Domani devo scontrarmi con Fairfax." La bocca di suo fratello aveva assunto una piega caparbia e lei si era resa conto che sarebbe stato inutile discutere con lui.

Martin era cocciuto quanto lo era stato il loro padre. Non si erano parlati nel corso del viaggio di ritorno a casa, ma la mente di Helen aveva lavorato senza freni. Voleva bene a Martin: lui era l'altra sua metà, come capitava sempre tra gemelli. Doveva salvarlo, trovare un modo per riparare a ciò che lui aveva fatto o, nel caso ciò non fosse stato possibile, sacrificarsi per lui. Era l'unico modo. Uno di loro doveva sopravvivere e Martin aveva più possibilità di farcela da solo.

Così, Helen aveva formulato un piano. Lei e suo fratello avevano quasi la stessa altezza e le loro corporature erano abbastanza simili da far sì che, spesso, da ragazzini li avessero confusi l'una con l'altro. Se Helen si fosse vestita da maschio, sarebbe riuscita a passare per lui? Il mattino dopo, quando suo fratello si era svegliato presto per prepararsi al duello, Helen aveva preso il bastone di suo padre – tra le poche cose a lui appartenute che non avevano ancora venduto – e gli aveva fatto perdere i sensi. Poi aveva indossato gli abiti di suo fratello e lo aveva chiuso nella sua stanza.

Era una soluzione semplice per un problema complesso. Martin era un uomo e poteva tirare avanti anche senza di lei. Per gli uomini era più semplice farsi strada nel mondo. Una giovane donna senza famiglia o conoscenze non era altrettanto fortunata. Il meglio in cui Helen avrebbe potuto sperare sarebbe stata una posizione di istitutrice o dama di compagnia, ma senza referenze era praticamente impossibile trovare lavoro in quei ruoli. Non era disposta a prendere in considerazione l'unica alternativa. Persino fare la cameriera sarebbe stato preferibile a vendere il proprio corpo.

Ecco come era finita in quel campo, a fronteggiare l'unico uomo col quale avesse mai sognato di danzare, sapendo che ciò non sarebbe mai accaduto. Un uomo al di sopra di lei per status, denaro e potere. Un uomo dai sorrisi misteriosi e la voce bassa, dolce e seducente, circondato da pettegolezzi mormorati dietro i ventagli nelle sale da ballo pubbliche, secondo i quali doveva essere un buon amante. Ormai, Helen non avrebbe mai saputo se ciò fosse vero, né se lei avesse mai avuto la possibilità di attirare l'interesse di Gareth durante un ballo, in passato.

Il signor Worthing si schiarì la voce. "Fairfax, sareste disposto a cercare un'intesa col signor Banks?"

Persino nella luce che precedeva l'alba, Helen riuscì a vedere il volto di Gareth incupirsi per l'ira. "Troverei un modo per ripagarvi, signore," disse subito. Come un uomo sul punto di essere impiccato, si aggrappò agli ultimi momenti che aveva da vivere, anche se ciò significava mentire. Ripagare Gareth sarebbe stato impossibile, naturalmente, ma doveva tentare. Doveva sperare che il suo avversario avesse in sé ancora un po' di gentilezza e fosse disposto a ritardare la sua fine di qualche prezioso istante.

"Avete avuto settimane per ripagarmi e io non ho visto uno scellino. Non ci sarà alcuna intesa." Il tono di Gareth era molto basso, quasi rassegnato, mentre controllava la sua pistola, le lanciava un'occhiata e rivolgeva infine un cenno del capo a Worthing.

Alla faccia della compassione. L'ultima speranza di sopravvivenza di Helen era morta con quel secco cenno del capo. Il suo cuore accelerò i battiti. La paura creò un sapore amaro, metallico nella sua bocca, quando si rese conto di aver sperato fino a quel momento che il duello non si sarebbe svolto davvero. Ma naturalmente, così sarebbe stato. Gli uomini come Gareth davano peso all'onore e suo fratello non ne aveva. Quel duello era inevitabile.

Worthing sospirò pesantemente, all'apparenza convinto che non ci fosse più modo di tornare indietro. Lui e Bennett si allontanarono di diversi metri per osservare lo svolgersi degli eventi.

Helen e Gareth erano soli, più vicini di quanto fossero mai stati prima di quella sera. Quante volte lei aveva sbirciato attraverso le folle di ballerini nelle sale da ballo pubbliche e lo aveva guardato ballare con altre donne, rimpiangendo di non esserci lei così vicina all'uomo? E ora eccola lì, abbastanza vicina da ballare con lui, ma in una danza mortale. Un dolore sordo le colmò il petto al pensiero e una folata di paura le fece tremare il cuore dietro le costole.

Non voglio morire, ma quale scelta ho?

La brezza leggera le portò alle narici il profumo di sandalo di Gareth, oltre a una traccia di cavalli e cuoio. L'aroma le fece venire nostalgia delle scuderie della casa di campagna dei suoi genitori, una casa che lei e Martin erano stati costretti a vendere per sopravvivere. La pistola divenne più pesante nella sua mano; il legno e il metallo le affondarono con forza nel palmo mentre lei accentuava la presa. Il silenzio e la paura resero all'improvviso il tutto insopportabile.

"Molto bene," ringhiò Helen, perdendo la capacità di rimanere calma e immobile. L'unico modo per soffocare la paura era abbracciare la rabbia. "Scegliete la distanza." Se proprio doveva morire, tanto valeva darsi una mossa. L'attesa e il procrastinare stavano erodendo il suo coraggio.

"Trenta passi," rispose Gareth dopo un'esitazione momentanea. Sembrava che egli la stesse guardando più attentamente, come se qualcosa avesse attirato la sua attenzione. Le sue labbra, di solito sensualmente piene, erano contratte in una smorfia. Non poteva essersi reso conto che lui non era Martin... Helen doveva distrarlo.

"Trenta." Helen annuì, sollevata nel sapere che ciò aiutava a mascherare il modo in cui tutto il suo corpo tremava per una nuova ondata di paura. Non aveva mai immaginato che avrebbe affrontato la morte in quel modo, soprattutto non per mano di un uomo che desiderava. "Diamoci una mossa." Voltò le spalle a Gareth e attese.

L'uomo chiuse la distanza che li separava e appoggiò la schiena contro la sua. Helen rabbrividì per il calore improvviso del corpo di lui contro il suo, per il posteriore premuto leggermente contro la parte inferiore della sua schiena. Gli abiti di Gareth bisbigliarono contro i suoi, come in una sorta di danza bizzarra, poi l'uomo si allontanò mentre il signor Worthing cominciava a contare. Anche Helen iniziò a contare i passi, cercando di ignorare il ruggito del sangue nelle orecchie e la consapevolezza che ciascun passo la stava portando più vicino alla morte.

Quando il signor Worthing ordinò a Helen e Gareth di fermarsi, raggiunti i trenta passi, i due si voltarono l'una verso l'altro. Il cielo di velluto era più pallido, ora, come se le stelle si fossero spente, chiudendo i loro occhi celestiali per non vedere la scena sanguinosa che stava per svolgersi in basso. Helen vide Gareth voltarsi di sbieco e sollevare il braccio. Lei lo imitò, puntando la pistola verso il petto dell'uomo. La pallida luce della luna luccicò sull'arma nella mano dell'uomo mentre questi prendeva di mira il petto di Helen. L'intero corpo di lei cominciò a tremare quando la paura istintiva prese il sopravvento. C'era una pistola puntata contro il suo cuore. La mano le tremò; la canna della sua pistola ondeggiò. Non avrebbe sparato a Gareth; di questo non dubitava.

"Uno," esclamò Worthing. "Due..."

Lo sguardo di Helen corse dalla pistola di Gareth al suo viso. L'uomo era abbastanza lontano da sembrare più un'ombra vestita di nero e con gli occhi splendenti che non l'uomo con il quale lei aveva bramato condividere i segreti del suo cuore.

"Tre—"

Il dito di Helen si contrasse sul grilletto e lei sparò senza volerlo. Mancò il bersaglio; la pallottola sfiorò appena la spalla di Gareth. Questi sussultò, ma non sparò. La sua camicia si macchiò di sangue, che da quella distanza sembrava quasi nero. Helen gemette e inalò di colpo mentre il mondo girava per un istante.

Inorridita per il fatto di averlo colpito davvero, lasciò cadere la pistola, che atterrò con un tonfo in mezzo all'erba. Corse da lui, allungando una mano per controllare il danno.

Negli occhi scuri di Gareth lampeggiò la sorpresa quando lei gli afferrò il braccio ed esaminò la ferita.

"Santo cielo!" esclamò Helen. "L'unica volta che uso uno di quegli stupidi aggeggi..."

Prima ancora che lei si rendesse conto che il tono di voce femminile che aveva usato l'aveva tradita, Gareth, con un unico e rapido movimento, lasciò cadere la pistola e le afferrò il braccio, trascinandola contro di sé. Poi le strappò la maschera dal viso. Il gesto brusco fece volare via le forcine, liberando i capelli di Helen. La chioma sciolta le ricadde a ondate sulle spalle; le morbide ciocche le accarezzarono le guance mentre lei chinava la testa, nascondendo il volto alla vista di Gareth. L'espressione rabbiosa di quest'ultimo si trasformò in puro stupore.

"Dov'è Martin Banks?" La voce dell'uomo era bassa e brusca. "E chi diavolo siete voi?"

La presa di lui era troppo forte; Helen cominciava a perdere sensibilità al braccio. "Per favore, mi state facendo male," gemette.

La sua preghiera fu ignorata. L'uomo non lasciò la presa su di lei, ma la allentò, in modo da renderla meno dolorosa.

"Dov'è Banks?" gridò con rabbia Gareth, scuotendola.

"A casa nostra, privo di conoscenza." Helen cercò di liberarsi, ma la presa d'acciaio dell'uomo la tenne ferma. "Non potevo lasciare che lo uccideste." Lo sguardo di Gareth si indurì di fronte al suo atteggiamento ribelle.

Worthing e Bennett corsero verso di loro.

"Una donna?" esclamò stupito Worthing. "Ma insomma, Fairfax... avreste dovuto dirmelo." Quando Worthing raggiunse lei e Gareth, il suo sguardo passò dall'una all'altro, uniti dalla morsa di Gareth.

"Lasciatela andare, Fairfax." Lentamente, Worthing allungò una mano e liberò Helen dalle braccia di Gareth.

Quest'ultimo allontanò con un colpo il braccio protettivo di Worthing e afferrò Helen per le spalle, scuotendola. "Chi siete?" ruggì, i denti bianchi e regolari che brillavano nella luce soffusa. "Perché avete preso il posto di Banks?"

"Lasciatela andare," ringhiò Bennett, facendo un passo verso Gareth. Worthing sollevò una mano per fermare Bennett e cercò ancora una volta di intervenire, ma Gareth trascinò Helen lontano dalla sua portata.

"Allora? Rispondete! Non ho intenzione di farvi del male, ma esigo risposte." Lo sguardo rabbioso dell'uomo trafisse Helen come un attizzatoio ardente.

Lei trattenne lacrime di rabbia. "Sono sua sorella. Lui è tutta la mia famiglia." Il suo corpo ricominciò a tremare orribilmente, questa volta per lo sconcerto dovuto al fatto di essere viva e illesa. "Rimarrei completamente sola, se lui morisse."

"Non osate piangere. Non mi farò commuovere dalle lacrime di una donna," minacciò Gareth; ma la sua presa si attenuò immediatamente, contraddicendo la crudeltà delle sue parole.

"Fairfax," ammonì Worthing nello stesso momento in cui Bennett esclamò: "Lasciatela andare!"

Tutto accadde così rapidamente da essere quasi indistinguibile. Bennett cercò di frapporsi tra Gareth ed Helen, ma indietreggiò barcollando quando Gareth gli sferrò un pugno nello stomaco.

CAPITOLO 1

Helen gridò e colpì Gareth, schiaffeggiandolo duramente al viso. Worthing si levò di torno quando Gareth placcò Helen, gettandola a terra. Bennett cercò ancora una volta di salvarla, ma fu abbattuto da un nuovo pugno di Gareth.

"Per la miseria, Fairfax, piantatela!" Worthing si inginocchiò accanto a Bennett, che aveva perso conoscenza.

"Tenetemi lontano quel dannato imbecille. Non le farò del male," ringhiò Gareth. "Voglio che mi risponda." La stava guardando con una nuova luce negli occhi, una luce che era meno pericolosa di prima, o che forse lo era di più, ma in maniera diversa. Come se la stesse soppesando o valutando, allo stesso modo in cui un uomo osservava un buon cavallo al mercato. Non era lo sguardo di un uomo intenzionato a colpirla o ferirla.

Helen gemette, lottando sotto il corpo di Gareth. Ora non aveva paura; piuttosto, era furiosa per il modo in cui lui la stava trattando. L'uomo si sedette sui talloni, le ginocchia su entrambi i lati della vita di Helen, tenendola bloccata a terra. Il suo petto si muoveva per il respiro affannoso e le mani gli ricaddero sulle cosce.

Helen cercò di sollevare i fianchi, ma l'uomo non voleva saperne di muoversi. "Lasciatemi andare, per favore." Lui si tese al suo movimento mentre affondava le dita nelle proprie cosce.

"Cosa devo farne di voi, signorina Banks?" Il respiro di Gareth si regolarizzò. "Abbiamo un bel problema."

"Fairfax..." Il tono di Worthing conteneva una nota di ammonizione. Gareth lo ignorò mentre nei suoi occhi appariva un bagliore calcolatore.

Deglutendo a fatica, Helen incrociò il suo sguardo con tutta l'impassibilità che le fu possibile.

"Ho una proposta per voi, signorina Banks," disse Gareth; il suo tono di voce era pacifico, ma le ombre nei suoi occhi la insospettirono. Una mano dell'uomo si mosse fino ai suoi capelli, facendo in modo che i riccioli biondi gli ricadessero attorno e attraverso le dita. All'improvviso, Gareth sorrise, prendendo una ciocca e avvolgendosela attorno all'indice, per poi incrociare lo sguardo di Helen. "Se verrete a casa con me, condonerò i debiti che mi sono dovuti. In alternativa, posso rimandarvi a Bath, trovare quella canaglia di vostro fratello e concludere questo duello come si deve."

Helen rimase di stucco. Andare a casa di Gareth Fairfax? Poteva anche essere innocente, ma sapeva che, se lui l'avesse portata a casa, sarebbe stata compromessa e le sarebbe stato impossibile sposarsi. *O anche solo trovare il piacere con un altro uomo.* Un rossore la scaldò da capo a piedi al solo pensiero di ciò che le avrebbe fatto Gareth se lei avesse accettato. *Il piacere.* Parte di lei era colma di una curiosità segreta e oscura. L'uomo aveva intenzione di sedurla? Avrebbe dovuto avere più paura del fatto che la curiosità la spingesse a chiedersi come sarebbe stato andare con lui. Sembrava che alle donne piacesse essere sedotte, nelle giuste circostanze. Una scintilla di calore le attraversò il corpo al pensiero di Gareth che la seduceva deliberatamente.

"Se accettassi, cosa fareste di me?" Le parole le uscirono di bocca a fatica; era come se la sua lingua fosse incapace di formularle mentre osava chiedergli quali intenzioni avesse.

Gareth non parlò per un lungo istante; invece, sfregò tra il pollice e l'indice la ciocca di capelli di Helen. Alla fine, lasciò cadere il boccolo sciolto e si rimise le mani sulle cosce, spostando leggermente i fianchi. Questo accentuò la pressione del suo corpo su di lei e Helen si sentì bruciare all'improvviso da un fuoco strano e bizzarro.

"Ci sono diversi modi in cui potete saldare il debito di vostro fratello." Il tono di voce di Gareth era nero come la mezzanotte, cupo come il peccato, e piuttosto che spaventarla la fece tremare dalla voglia. Aveva sentito abbastanza donne parlare a porte chiuse ai balli per sapere cosa poteva accadere a letto, tra una donna e un uomo, di piacevole per entrambe le parti.

Worthing si alzò e lanciò un'occhiata al suo amico. "Fairfax, non potete portarvela a casa come se niente fosse."

Lo sguardo di Gareth scrutò il viso di Helen, soffermandosi sulle sue labbra. "Ha già detto che Banks è il suo unico parente, Worthing. Nessuno sentirà la sua mancanza. La scelta spetta a lei.

Può andarsene, oppure può venire con me e salvare la vita di suo fratello."

"Non potete dire sul serio. Questa giovane stava solo difendendo suo fratello. Non potete rovinarla per una cosa del genere."

Helen osservò lo scambio di battute, chiedendosi perché Worthing fosse così pronto a difenderla.

"Allora, signorina Banks?" Gareth continuò a osservarla, tenendola intrappolata col proprio corpo, come se non ci fosse stata alternativa che accettare. "Fate la vostra scelta. L'alba sta arrivando veloce e, non so voi, ma io non desidero trovarmi qui al sorgere del sole." Si chinò e le mormorò all'orecchio: "Prometto di prendermi buona cura di voi e di darvi tanto piacere che vi sembrerà di morire." La sensazione del suo fiato caldo contro il lobo sensibile dell'orecchio le mandò scintille lungo la spina dorsale, facendola irrigidire.

Helen sollevò lo sguardo sull'uomo mentre il desiderio correva ribelle lungo tutto il suo corpo e la sua mente mormorava suggestioni oscure, nate da lunghi anni di bisogno di cose che lei comprendeva a malapena. Quella era un'occasione per assaporare la tentazione, per andare con un bell'uomo e conoscere la passione. Sapeva che non ci sarebbe mai stato amore, ma la passione avrebbe potuto rivelarsi un ricordo meritevole, soprattutto con un uomo come quello. E tuttavia, lei aveva il coraggio di farlo? Avrebbe perso qualunque opportunità di sposarsi o di avere dei figli e, se qualcuno avesse scoperto dov'era, la sua reputazione sarebbe stata rovinata. Persino ottenere un lavoro da cameriera sarebbe stato difficile. Ma Martin sarebbe rimasto al sicuro e, forse, avrebbe persino potuto trovare un modo per guadagnarsi da vivere e mantenere se stesso e lei. Era una speranza debole, ma quello era l'unico futuro in cui lei potesse sperare. Gareth aveva detto che l'avrebbe trattata bene. Quali speranze aveva?

"Sì, signor Fairfax. Verrò con voi."

L'inappellabilità dietro le sue parole era pesante. Sopra di lei, Gareth si tese e spalancò gli occhi. Non si era aspettato che lei accettasse? Una sensazione di potere si diffuse in Helen. Le piaceva stupirlo. L'uomo osservò di nuovo il suo viso e il suo sguardo si fece cupo, ma non per la rabbia. Questa volta, c'era qualcos'altro a brillare nelle profondità dei suoi occhi.

Worthing si mosse verso di loro, sollevando una mano. "Aspettate un attimo, Fairfax. Devo insistere perché voi riflettiate a fondo."

Gareth si levò di dosso a Helen e la afferrò per le braccia, tirandola in piedi. Lei udì a malapena la discussione tra i due uomini. Era consapevole soltanto delle mani di Gareth sul suo corpo mentre egli la sollevava e la attirava a sé, lasciando che si appoggiasse contro il suo braccio, come se avesse saputo che lei aveva bisogno di un sostegno. I muscoli sotto la camicia dell'uomo erano sodi e sviluppati. Un calore emanò contro i suoi palmi quando lei li appoggiò per un attimo contro il petto di Gareth mentre, alla fine, si spingeva via per reggersi in piedi da sola. Ma l'uomo continuò a stringerle i polsi, nonostante il debole strattone che lei diede per farsi liberare.

"Non sono dell'umore giusto per ricevere una lezioncina, Worth. Occupatevi di... quell'uomo. Io porterò la signorina Banks a casa mia. Dopo che avrete pensato a lui, potrete venire a salvare la donzella, se proprio lo ritenete necessario." C'era un miscuglio di divertimento e minaccia nel tono di Gareth, la qual cosa confuse Helen. "Purché riusciate a convincerla ad andarsene."

Helen diede uno strattone ai polsi, ancora intrappolati dalle mani di Gareth. Sebbene avesse accettato di accompagnarlo, il fatto che egli la tenesse ancora stretta infondeva un calore disturbante tra le sue cosce. Serrò le gambe, cercando disperatamente di arrestare quella sensazione, e tirò nuovamente le mani.

"Smettetela," ringhiò Gareth, per poi iniziare a camminare.

Helen obbedì all'istante. L'uomo era troppo forte per opporgli resistenza, per cui lei lo seguì, cercando di tenere il passo delle sue gambe lunghe. Attraversarono il campo e si avviarono in direzione della strada dove Helen era scesa dalla vettura che aveva preso a nolo. Lì attendeva la carrozza di Gareth. Il cocchiere scese d'un balzo per abbassare la scaletta e Gareth strinse Helen contro di sé mentre la sollevava per trasportarla nel veicolo. Una volta che ebbero preso posto, condividendo lo stesso sedile, l'uomo gridò un ordine per il cocchiere e la carrozza partì bruscamente. Helen si massaggiò i polsi, chiedendosi se le sarebbero rimasti dei lividi, e cercò di non guardarlo. Fallendo miseramente.

Gareth voltò la testa verso il finestrino e lontano da lei, l'espressione fredda e priva di emozioni. Helen non riusciva a credere che la desiderasse davvero. Non quando, a Bath, poteva scegliere tra numerose donne. Lei sapeva di non essere all'altezza di quelle altre signore, per cui la scelta di Gareth aveva poco senso.

"Perché volevate che venissi con voi?" trovò il coraggio di chiedersi dopo che il silenzio si fu protratto troppo a lungo.

Gareth fissò nuovamente su di lei il suo sguardo freddo. "Perché vostro fratello deve imparare che le sue azioni hanno delle conseguenze. Se vi avrò, lui passerà dei guai. Dovrà trovare un modo per darvi in sposa dopo che io avrò finito, compito non facile per un uomo con una sorella rovinata. Non sarà come riavere il denaro che mi deve, ma almeno mi sarò vendicato un poco."

Helen chiuse gli occhi per qualche istante, scossa dai sobbalzi della carrozza sulla strada dissestata. Il suo stomaco si rimescolò per la nausea. Dunque, Gareth non la desiderava. Usarla era solo una questione di vendetta. Il disappunto le appesantì le spalle, le oppresse il petto. Helen trasse tra i denti un respiro di cui aveva molto bisogno. Era crudele, passare dal credere di essere desiderata all'apprendere che la sua seduzione e rovina non erano che una ritorsione contro l'avventatezza di suo fratello. In quel momento, Helen si sentì molto piccola e sola, senza nessuno che si prendesse cura di lei e, soprattutto, senza nessuno che la amasse anche solo minimamente. Il peggio era il modo in cui tutto ciò sembrava privarla delle sue energie. Ogni emozione forte, rabbia inclusa, era naufragata. Ne sarebbe valsa la pena – andare con lui, esplorare le proprie passioni – sebbene l'uomo non condividesse? Non sembrava esserci una risposta pronta.

Quando lei riaprì gli occhi, Gareth la stava ancora fissando. Questa volta, il suo sguardo era più curioso che freddo. Aveva un profilo splendido: forte e dritto come il Michelangelo. Quante ore aveva trascorso lei, nel corso di balli e soirée, a osservare ogni suo lineamento? Troppe. Facendo sempre tappezzeria, Helen aveva avuto infinite ore a disposizione per impararlo a memoria, per fantasticare su di lui. Cosa avrebbe detto se lui le avesse chiesto di ballare anche solo una volta? Era un sogno d'infanzia, che ora giaceva morto nel campo che avevano appena lasciato. Helen non sarebbe mai stata quella donna, la donna a cui gli uomini attraenti chiedevano di ballare o che corteggiavano. Era solo una delle tante donne che avrebbero vissuto senza amore e, ora, senza sposarsi. Ma il volto di Gareth l'avrebbe tormentata per sempre. Riusciva a richiamare alla mente ogni linea, ogni forma dei suoi lineamenti... se necessario, avrebbe potuto disegnarli facendosi guidare dal ricordo dei suoi sogni.

"Come vi chiamate?" La domanda dell'uomo la distrasse dai suoi pensieri.

"Helen," rispose lei, lo sguardo attirato dalla curva delle labbra di Gareth quando questi sorrise.

"Come la bella Elena di Troia... Siete portatrice di rovina per il mio regno?" si chiese l'uomo, rivolto più a se stesso che a lei.

"Volevo solo salvare la vita di mio fratello. Se fossi morta, lui non si sarebbe trovato in una situazione peggiore di quella presente. Ma nel caso le parti si fossero invertite... io non avrei avuto nessuno che potesse proteggermi."

"Una tragedia per qualunque donna," concordò Gareth.

Finalmente aveva capito. Helen non aveva denaro né amici. Senza suo fratello, la buona società le avrebbe chiuso le porte. Forse sarebbe stata costretta a vendere il suo corpo per sopravvivere. Le tremarono le labbra al pensiero di arrivare a una disperazione tale da... Un'idea fosca le attraversò la mente. Accettare la proposta di Gareth era forse meglio? Rabbrividì nel seguire quella linea di pensiero.

"Calmatevi." C'era una spietatezza, sottesa a quella parola, che riaccese il fuoco in lei. "Non vi farò del male. Nessuna donna ha mai lasciato il mio letto avendo di che lamentarsi." Il tono di voce di Gareth era carico di soddisfazione arrogante. Si mise comodo sul sedile della carrozza, allungando le gambe lunghe e muscolose e incrociando gli stivali all'altezza delle caviglie. Le ricordò un gatto maschio che si prendeva tempo per fare la sua mossa sull'ignara femmina con cui voleva accoppiarsi. In quello scenario, la gatta era lei e il pensiero non la faceva sentire per nulla al sicuro. Quel poco che aveva sentito dire di Gareth dalle altre signore in società era che non si diceva che egli fosse un uomo crudele. Quello era il suo unico sollievo: l'idea che Gareth non le avrebbe fatto davvero del male.

Il viaggio fu lungo. Helen non riuscì a non chiedersi che razza di casa possedesse l'uomo, per vivere così lontano da Bath. A un certo punto, la stanchezza la sopraffece. Non avrebbe voluto mostrare debolezza di fronte a lui, ma quando le sue palpebre cominciarono a calare senza sosta, si rese conto di essere perduta. La testa le cadde contro la spalla di Gareth mentre si addormentava. Si svegliò un po' di tempo dopo, quando il ritmo degli zoccoli dei cavalli cambiò e le ruote della carrozza rallentarono fino a fermarsi. Ancora assonnata, sollevò la testa dalla spalla dell'uomo, arrossì quando si rese conto che lui la stava fissando, e si allontanò un poco. Passandosi le mani tra i capelli, cercò di domarne le onde selvagge.

Gareth aprì la portiera della carrozza e la aiutò a scendere. Mantenne una presa gentile, ma ferma sul suo braccio mentre salivano alcuni gradini di pietra. Una donna matura, dai capelli brizzolati, li attendeva appena oltre l'ingresso.

"Buonasera, Mary. Prepara una stanza per la signorina Banks. Sarà nostra ospite per un po'," disse Gareth alla donna.

Mary spalancò gli occhi per lo stupore, ma non lo contraddisse.

Helen deglutì. Quanto a lungo era previsto che si fermasse lì? Gareth non le aveva dato alcuna indicazione in proposito.

"Signor Fairfax, quanto a lungo avete intenzione di tenermi qui?" Trattenne il fiato talmente a lungo da farsi dolere i polmoni.

L'uomo non la guardò mentre seguivano Mary. "Per tutto il

tempo che sarà necessario. Probabilmente, mi stancherò di voi nel giro di qualche settimana."

Le sue parole furono come uno schiaffo all'anima che la fece sussultare.

Mary se ne andò, risalendo l'ampia scalinata per preparare una stanza per lei. Helen rimase ancora una volta da sola col tetro e spaventoso Gareth Fairfax. L'uomo continuò a tenerla per il braccio mentre la portava in un salotto color mogano e vinaccia, dove ardeva un fuoco caldo. Un paio di poltrone massicce erano poste di fronte al fuoco e Helen fu spinta verso quella più lontana dalla porta. Gareth prese posto sull'altra, leggermente angolata verso di lei.

La luce soffusa nella stanza, illuminata solo da alcune candele, e il calore del fuoco ruggente erano seducenti e invitanti, come una specie di sogno bizzarro. Forse Helen stava davvero sognando e nulla di tutto ciò era reale. Presto si sarebbe svegliata, avrebbe preparato una modesta colazione per Martin e... ma conosceva la verità. La situazione era fin troppo reale e lei era molto vulnerabile. Un lieve tremito le percorse braccia e petto.

"Le circostanze in cui vi trovate sono molto sfortunate, signorina Banks. Io devo un proiettile a vostro fratello. Il duello non si è concluso. Per vostra scelta, ho preso voi al suo posto." Gli occhi di Gareth riflettevano la luce del fuoco, selvaggia e indomabile.

Helen non riuscì a reagire. Il fascino sbocciò in lei mentre studiava le labbra di Gareth, i suoi occhi, i suoi capelli scuri che brillavano alla luce del fuoco. Quell'uomo era un demonio, ma un bel demonio, e il suo sguardo duro faceva sì che il cuore di Helen battesse all'impazzata. Era una follia bramare di essere sedotta da lui, pregare con ogni respiro che ciò avvenisse. Il fuoco dell'inferno la attendeva certamente per quei pensieri.

"La mia ira si è raffreddata. Non ho alcun interesse nello sparare a qualcuno, al momento, ma vostro fratello mi deve parecchio denaro." Helen si era aspettata un atteggiamento più pragmatico da parte sua, ma c'era un che di pensieroso nella sua voce, qualcosa che la attirò... spingendola a chiedersi a cosa egli pensasse davvero.

Sembrava che Gareth la stesse guardando in cerca di una qualche reazione, ma Helen non comprendeva i sottintesi delle sue parole.

"Non abbiamo modo di ripagarvi," rispose gravemente. "Ho usato il poco denaro che mi rimaneva per ottenere l'appoggio del signor Bennett per il duello. Avevo sperato di ottenere una posizione di istitutrice... prima che Martin avesse a che dire con voi, intendo. Se mi concederete un po' di tempo, sono sicura che riuscirò a trovare un modo per saldare il nostro debito."

"Mi rifiutereste, nel caso dovessi esigere un genere diverso di pagamento? Dopotutto, è per questo che vi ho portata qui." La domanda fu espressa in maniera molto lenta e chiara. Lo sguardo di Gareth percorse il corpo di Helen in maniera più selvaggia di quanto lei avrebbe ritenuto possibile. Lei impallidì; i suoi sospetti iniziali erano fondati.

"Cosa vorreste che facessi fintantoché sarò qui?" Le parole le uscirono in un mormorio strozzato. Sapeva come avrebbe risposto l'uomo; anzi, sperava tacitamente che lo avrebbe fatto, sebbene desiderarlo fosse, da parte sua, pericoloso e sciocco.

Gareth si alzò e, in un'unica mossa elegante, girò attorno alla poltrona di Helen, appoggiandole delicatamente le mani sulle spalle. Le scostò lentamente i capelli lunghi dal collo, scoprendole parte della gola. Con un dito, tracciò pigramente uno schema sulla sua pelle, stuzzicando i minuscoli peli che si rizzarono al suo tocco, e lei rabbrividì. L'uomo si chinò sullo schienale della poltrona, sfiorandole l'orecchio con le labbra mentre parlava, risvegliando in lei la sensualità.

"Rimanete qui, a mia disposizione, come una sorta di compagna." Le prese il mento con la mano e, delicatamente, le voltò il viso verso il suo. Le sue labbra erano così vicine che lei riusciva quasi a sentirle. Helen deglutì a disagio mentre le si seccava la bocca. "Quando mi stancherò di voi, vi riporterò a Bath e il debito di vostro fratello sarà estinto." Le mani dell'uomo scesero lungo le spalle di Helen, lungo le sue braccia. Per la prima volta in vita sua, lei fu combattuta: la sua mente e il suo cuore la stavano mettendo in guardia contro di lui, ma il suo corpo era ammaliato dalle carezze leggere delle sue mani, dallo sfiorare delle sue labbra. Sentì il volto avvampare quando Gareth la baciò delicatamente sotto l'orecchio.

"E se rifiutassi?" La stanza prese a girare lentamente e la testa di Helen si colmò di uno strano ronzio. La sua pelle formicolava sotto il tocco di Gareth. Avrebbe dovuto rifiutare. Restare avrebbe rovinato la sua rispettabilità... l'ultima cosa che le era rimasta che non potesse essere comprata o distrutta, tranne – a quanto pareva – da quell'uomo cupo e scuro. E tuttavia, come Gareth le aveva ricordato, era stata proprio lei a scegliere di venire lì. Non poteva mentire a se stessa. Aveva saputo fin dall'inizio che Gareth intendeva portarsela a letto, ma voleva metterlo alla prova, vedere cosa avrebbe detto se lei avesse finto di cambiare idea.

"In tal caso, vi chiuderei a chiave in una stanza e andrei dritto a Bath a cercare vostro fratello." Le parole di Gareth erano sinistre, ma la sua voce era dolce come il miele. Le ciglia di Helen scesero a sfiorarle le guance mentre lei lottava per nascondere le proprie emozioni. Non sarebbe stato saggio lasciare che Gareth sapesse quanto potere aveva su di lei... quanto facilmente riuscisse ad ammaliarla con le promesse di piacere carnale nel suo sguardo. L'uomo girò nuovamente attorno alla poltrona e le si mise di fronte.

"Dunque, signorina Banks, accettate?" Gareth incrociò le braccia e la guardò con aria imperiosa.

Helen si alzò dalla sedia, felice di essere così alta. Se voleva accettare quel patto, doveva mettersi sul suo stesso livello. L'uomo non torreggiava su di lei come avrebbe fatto con altre donne. Per un lungo istante, Helen gli restituì lo sguardo, soppesando le opzioni a sua disposizione. Rovinare se stessa e salvare suo fratello? O salvare se stessa e firmare la condanna a morte di suo fratello? Tristemente, la scelta era più facile di quanto avrebbe dovuto.

Helen avrebbe fatto *qualunque cosa* per proteggere Martin. E non intendeva negarsi quell'unica possibilità di conoscere la passione.

"Accetto, purché voi giuriate che a mio fratello non verrà fatto del male e che il suo debito nei vostri confronti verrà sanato." La voce di Helen non vacillò.

Lentamente, Gareth si alzò. "Onorerò questi termini."

Helen tese una mano da stringere. "Allora siamo d'accordo."

Gareth abbassò lo sguardo sulla sua mano e un sorriso si allargò lentamente sulle sue labbra. Le prese la mano e, prima che lei potesse protestare, la attirò tra le sue braccia. Fu il suo primo bacio, completamente diverso da come se l'era aspettata. Quello non era l'incontro innocente tra le labbra di due innamorati. La bocca di Gareth si impadronì della sua, muovendosi in modi profondi e stimolanti che le mandarono brividi lungo la spina dorsale. Una delle mani dell'uomo si infilò tra i suoi capelli, intrecciando le dita con le sue ciocche setose. Gareth strinse quanto bastava per farle allargare la bocca in un gemito nato dal piacere provocato dal lieve dolore. Gareth saccheggiò la bocca di Helen, la lingua che si tuffava per incontrare quella di lei.

Una pulsazione intensa esplose tra le gambe di Helen e le sue ginocchia cedettero, andando a sbattere contro quelle di Gareth. Questi le passò un braccio attorno alla vita e la strinse a sé. Come un burattino a cui erano stati tagliati i fili, lei cedette alle attenzioni amorose dell'uomo, in preda a sensazioni travolgenti e inebrianti. Avrebbe voluto sapere cosa fare – come muovere le labbra, dove mettere le mani – per dare a sua volta piacere a Gareth.

La mano nei capelli la tenne prigioniera per conto della bocca esploratrice di Gareth, che assaggiò le sue labbra, il suo collo, la sua clavicola e dietro le sue orecchie. E poi, tutto finì. Gareth la allontanò gentilmente da sé e le sorrise spavaldo.

"Ecco suggellato il nostro accordo, mia cara."

L'occhiataccia che lei gli rivolse non fece altro che strappargli un sorriso.

Gareth le fece cenno di seguirla. "Sono certo che Mary avrà

ormai preparato la vostra stanza." Helen lo seguì mentre uscivano dal salotto. In fondo alle scale li attendeva una cameriera del piano di sopra.

"La stanza della signora è pronta," disse la domestica, rossa di capelli, facendo una rapida riverenza.

"Ti ringrazio, Mira. Qual è?"

"La terza stanza per gli ospiti sulla destra, signore." La domestica guardò Gareth con aria di aspettativa.

"È tutto, Mira. Corri a letto, ora."

Helen guardò la domestica scendere le scale e oltrepassare una porta che, probabilmente, conduceva ai quartieri della servitù. Ci volle ogni grammo della sua forza di volontà per non gridare alla cameriera di restare e di non lasciarli soli. Non aveva paura di Gareth, ma questi le scuoteva i nervi. C'erano molte cose che lei ignorava riguardo al condividere il letto con un uomo. Qualunque donna di buonsenso sarebbe stata nervosa per la sua prima volta, anche se Gareth le aveva assicurato che le sarebbe piaciuta. L'uomo la tirò per la mano, costringendola a seguirlo su per le scale e lungo il corridoio. Si fermò alla terza porta a destra, seguendo le indicazioni della cameriera. La porta era aperta, la stanza pronta per Helen.

C'era uno splendido letto a baldacchino, con le tende di velluto e un copriletto rosso rubino. Una sottile camicia da notte bianca era stesa al centro del letto. Allontanandosi da Gareth, Helen prese l'indumento, ammirandone il taglio semplice, ma gradevole. Non aveva mai posseduto nulla di tanto pregiato in vita sua. Piuttosto che augurarle la buonanotte, Gareth entrò nella stanza e chiuse la porta. Il rumore della porta che scivolava al suo posto contro lo stipite aveva un che di spaventoso e fatale. Erano di nuovo da soli. Helen indietreggiò per la paura, il cuore in gola. Gareth voleva prenderla così presto?

Non sono pronta. Lo voglio, ma non sono pronta.

Gareth si recò all'armadio di fronte al letto e vi tamburellò contro con le dita.

"Qua ci sono degli abiti. Forse non saranno esattamente della vostra misura, ma dirò alla mia governante di farne portare di altri più adatti. Potete riposare un po', se volete. Più tardi, Mary verrà ad aiutarvi a vestirvi. Immagino sia trascorso del tempo dall'ultima volta che avete mangiato. La servitù preparerà qualunque cosa desideriate, dopo che vi sarete riposata." L'uomo tornò da lei e le prese il mento in mano; la sua voce era più la gentile da quando si erano incontrati sul campo del duello.

"G-grazie, signor Fairfax," balbettò Helen, il cui corpo tremava leggermente per la paura.

In occasione del duello, aveva avuto un gran coraggio ed era stata pronta ad affrontare la morte per suo fratello; ma quello era molto diverso. Era venuta lì e, in un certo senso, aveva accettato di diventare l'amante di Gareth. Sapeva molto poco in fatto di uomini. Egli l'avrebbe preparata in vista della loro unione? O sarebbe stato spietato, prendendola duramente e senza soffermarsi a pensare al suo piacere? Non appena quel pensiero le passò per la mente, Helen lo scacciò. Aveva studiato Gareth nel corso degli ultimi mesi, lo aveva visto interagire con donne e uomini, ed era abbastanza brava a leggere la personalità di un individuo da sapere che egli non le avrebbe fatto del male. Ma anche che non le avrebbe permesso di venire meno alla parola data.

"Signor Fairfax–" balbettò.

"Vi do il permesso di rivolgervi a me col mio nome di battesimo: Gareth." L'uomo sorrise di nuovo; nei suoi occhi brillava una risata nascosta. "Avete paura di me," la prese in giro.

Helen giunse le mani tremanti. "Certo che ho paura di voi. Stavate per spararmi. E ora sono qui... senza accompagnamento, in casa vostra, dopo aver accettato di condividere il vostro letto. Non sono mai stata con un uomo e, francamente, la prospettiva mi spaventa un poco. Sarei una sciocca se non avessi un po' di paura."

"Voi non siete affatto una sciocca. Siete volitiva, ma non sciocca. Una caratteristica unica, in una donna. Non avete ragione di temermi. Tra noi ci sarà solo piacere." Lentamente, Gareth si allungò e la afferrò per i fianchi, affondando le dita per avere una presa migliore mentre la attirava contro di lui. Il sorriso che gli curvò le labbra le scaldò il sangue e fece battere all'impazzata il suo cuore. La strattonò repentinamente contro sé, come se avesse voluto darle una scrollata gentile e scherzosa per rallegrarla e rilassarla.

"Preparatevi, Helen. Sto per baciarvi di nuovo." E così fece. Una carezza delicata di labbra contro labbra. Gli occhi di Helen si chiusero di fronte alla piacevole sensazione generata dal suo abbraccio.

Il bacio cambiò, facendosi lento e profondo, con la lingua di Gareth che si infilava delicatamente tra le sue labbra. Era una strana sensazione, ma Helen si scoprì a ricambiare il bacio, esplorando a sua volta Gareth con la lingua. Si rese a malapena conto che lui la stava spingendo contro una delle colonnine del letto, fino a quando il legno non le si conficcò tra le scapole. Ansimando contro di lui, fremette quando l'uomo le sbottonò i pantaloni e infilò il palmo della mano lungo il suo addome per schiudere la zazzera di peli biondi tra le sue gambe. Gareth inchiodò il corpo di Helen col proprio, intrappolandola contro il baldacchino mentre avvolgeva la mano attorno al suo sesso. Lei si irrigidì, gemendo quando l'uomo la massaggiò col palmo della mano. Il polpastrello ruvido del suo pollice sfiorò il clitoride sensibile di lei, mentre un altro dito le sondava le pieghe pulsanti. Helen si morse il labbro, piagnucolando per la potente scossa di piacere generata dal tocco dell'uomo, e il suo corpo si mosse in avanti. Era così che ci si sentiva ad andare con un uomo? A provare la marea tempestosa dell'eccitazione crescente? Helen voleva di più, molto di più.

"Vi prego!" Helen riusciva a malapena a formare un pensiero coerente. Il pollice di Gareth la stuzzicò di nuovo, questa volta con maggior vigore, e un secondo dito si unì al primo, affondando nel suo fodero stretto.

"Vi piace?" ringhiò Gareth contro il suo collo, assaporando a tratti la sua pelle mentre faceva dentro e fuori da lei, seguendo un ritmo lento e ponderato pensato per farla impazzire.

La risposta di Helen fu un gemito di supplica. Buttò le braccia al collo di Gareth, aggrappandosi a lui per avere sostegno.

"Presto vi assaporerò qui," disse l'uomo. Premette con forza sul clitoride e il fulmine scaturito da quel tocco esplose come un fuoco dentro di lei.

"Vi prenderò qui, duramente. Poi, così lentamente da farvi implorare pietà. E proprio quando vi starete per addormentare, vi coprirò di nuovo e affonderò il mio membro talmente a fondo in voi che griderete dalla voglia." Mentre Gareth parlava, le sue parole sfregavano ruvidamente contro il suo collo, facendole formicolare la pelle ancora umida per i suoi baci.

Helen ansimò in preda a una meraviglia da mozzare il fiato quando una sensazione potente si diffuse in lei; brividi, fuoco e scintille si alternarono sotto la sua pelle. Le sue ginocchia batterono l'una contro l'altra quando le sue gambe cedettero. Le braccia dell'uomo attorno a lei erano la sola cosa che la tenesse in piedi. Gareth toccò il suo sesso con vigore, sostenendola mentre continuava a baciarla. Lei reagì a malapena, troppo rilassata dal piacere che appesantiva il suo corpo con la letargia, al punto da lasciarsi andare al saccheggio della deliziosa lingua di Gareth. Le dita abbandonarono il suo fodero, facendola sentire stranamente vuota. Ma l'uomo spostò la mano al suo posteriore, dandovi una pacca delicata, come per ricompensarla per la sua incapacità di camminare o parlare. Helen sapeva che avrebbe dovuto indignarsi per quel genere di trattamento, ma era troppo euforica ed ebbra dei residui dell'esplosione di desiderio soddisfatto che lampeggiavano e bruciavano in mezzo alle sue cosce.

Gareth si staccò quando lei fece per cercare le sue labbra per un nuovo bacio. Con un sorrisetto soddisfatto, la lasciò sola nella camera da letto. Helen udì un *click* quando qualcosa girò nella serratura. L'uomo l'aveva chiusa dentro! Lei aveva accettato di restare lì, ma il suono della chiave nella toppa la fece infuriare. Barcollò fino alla porta sulle gambe deboli e strattonò violentemente la maniglia, che non si mosse.

"Per favore... Gareth, fatemi uscire!" chiamò. "Ho detto che sarei rimasta! Per favore!"

Silenzio.

Gareth aveva voluto metterla sottochiave. Perché? Le aveva mentito? Aveva intenzione di tornare a Bath, uccidere suo fratello e tornare per portarsi a letto lei? Non poteva essere tanto crudele. Helen girò nuovamente la maniglia, odiandolo perché non si mosse nemmeno di un centimetro, perché la porta non si aprì. Si voltò per guardarsi attorno. Le finestre dai vetri spessi non erano apribili e lei non sarebbe riuscita a sfondarle abbastanza velocemente da fuggire prima di aver svegliato tutti.

Helen soffocò un singhiozzo di panico e abbandonò la porta. Pregò con tutto il suo cuore che Gareth non avesse deciso di tornare a Bath e uccidere Martin. Forse l'uomo aveva un altro motivo per rinchiuderla, anche se lei non riusciva a immaginarlo.

"Gareth, per favore..." mormorò al legno della porta. Ancora silenzio. Un'ondata di fatica la travolse con una forza tale da colmarle la testa di una nebbia che rendeva difficile pensare. Gareth non avrebbe ucciso Martin. Le aveva fatto una promessa. L'indomani, Helen avrebbe chiesto di sapere perché egli l'avesse rinchiusa, quella sera, e non gli avrebbe permesso di farlo di nuovo.

Prese la camicia da notte e, un istante dopo, si preparò per andare a letto. Dopo essersi infilata sotto le coperte, tuffò il viso nel morbido mucchio di cuscini. Lacrime calde le scivolarono dagli angoli degli occhi, inzuppando la stoffa. Helen lottò contro la disperazione soffocante che la invase, ma non riuscì a resistere a lungo. Tra il disastro scampato a malapena nel campo e il modo in cui Gareth l'aveva abbandonata con tanta freddezza, era completamente confusa, nel fisico e nella mente, e il suo pianto si fece spezzato e violento.

Cosa aveva fatto? La sua stessa stupidità l'aveva intrappolata lì. E Martin... Sarebbe venuto a cercarla? Gareth lo avrebbe ucciso se lo avesse fatto? Ci volle molto perché Helen cadesse piangendo in un sonno profondo, ignara dell'ombra che gravitava fuori dalla sua porta e la ascoltava piangere.

2

Gareth ascoltò Helen strattonare la maniglia della porta chiusa. Stava per andarsene in camera sua quando la sentì piangere. Si immobilizzò a metà di un passo. Era un rumore così lieve, dolce e triste. Gli ricordò quella volta in cui aveva catturato e messo in gabbia un usignolo selvatico.

L'uccellino, dapprincipio, era rimasto sconvolto, silenzioso e insicuro, prima di cominciare a cantare una canzoncina triste, un'implorazione di pietà. C'erano volute solo poche settimane prima che il cinguettio dell'uccellino in gabbia perdesse il suo fascino selvatico. Gareth sapeva che avrebbe dovuto liberare l'uccello se avesse voluto sentirlo cantare ancora, ma la paura di rinunciarvi lo aveva colpito profondamente. Aveva faticato parecchio per far suo quell'uccellino e non voleva liberare quel premio vinto a duro prezzo. Ma sapeva con certezza che l'uccellino avrebbe perso la sua canzone. Alla fine, era stato costretto a liberarlo. Il ricordo di quel momento era impresso a fuoco nel suo cuore. Quando lo sportellino della gabbia si era spalancato e l'uccello era volato via dalla sua prigione, se n'era andato svolazzando e Gareth aveva avuto un tuffo al cuore. Non lo avrebbe mai più sentito cantare.

Ma un attimo dopo aveva udito un cinguettio distante avvicinarsi lentamente. Il piccolo usignolo era tornato. Si era appollaiato sul bordo del muro del giardino, cinguettando come se non fosse mai stato imprigionato. Forse, Helen era come l'usignolo: era necessario tenerla prigioniera per un po', prima di lasciarla andare. Forse, allora, sarebbe tornata da lui.

Gareth aveva ventisette anni ed era il solo proprietario di una vasta tenuta, ma la vita gli aveva lasciato ben poco in cui sperare. Aveva perso i genitori molto tempo prima e sua moglie era morta di parto quando lui aveva solo vent'anni. Era stato uno stolto a sposarsi così giovane, ma lui e Clarissa si volevano bene fin dall'infanzia. Dopo la morte di Clarissa e del bambino, Gareth aveva cercato un modo per colmare il vuoto fosco nel suo cuore, che si faceva più grande di anno in anno. Beveva, giocava... faceva tutto ciò che un uomo dotato di mezzi potesse permettersi, eppure non riusciva a trovare la pace. La sua irrequietezza aveva risollevato la propria, orribile testa quando aveva sfidato a duello Martin Banks.

Lo aveva fatto con lo scopo di perdere il duello o venire giustiziato per aver ucciso Banks in un duello illegale. La sua vita sarebbe dovuta finire quella sera, ma si era ritrovato di fronte Helen. Era rimasto commosso dal coraggio dimostrato dalla donna nel prendere il posto del fratello. Come l'usignolo, lo aveva colpito nel profondo... in modi che Gareth non aveva ancora nemmeno iniziato a comprendere appieno. Doveva averla; doveva sentire la canzone di lei nel mormorio del suo nome, nei sospiri colmi di estasi e nella risata trionfante che gli sarebbe uscita dalle labbra mentre la faceva sua. Helen era una creatura di sole, spirito e innocenza, e lui la bramava come non aveva mai bramato nulla in vita sua. Era un bastardo a sfruttarla per il suo piacere perché il fratello di lei era in debito con lui. Ma, dannazione, la desiderava con una fame selvaggia e scatenata che non avvertiva dall'ultima volta in cui aveva tenuto sua moglie tra le braccia. Sarebbe stato un colpo di fortuna, per lui, ritrovare anche solo un sentore di quell'emozione; ma con Helen, essa lo invadeva, come un'onda di marea che Gareth non poteva né voleva fermare.

Quando il pianto si interruppe e Gareth smise di udire suoni provenire dalla stanza di Helen, si incamminò verso la propria camera da letto. Mary apparve al suo fianco. Era una donna appassita, di poco più di cinquant'anni, e lavorava per la famiglia di Gareth da quando la madre di lui si era sposata.

"Potrei parlarvi, padron Gareth?" chiese la donna in tono grave, la voce bassa e carica di disapprovazione. Sebbene Gareth non avesse alcuna voglia di vedersi rimproverato come uno scolaretto monello, non osava negare a Mary il diritto di riprenderlo per i torti da lui commessi. Dopotutto, aveva praticamente rapito quella povera ragazza.

"Sì, Mary," disse, appoggiandosi di peso allo stipite della porta delle sue stanze.

"So che è trascorso parecchio tempo dall'ultima volta in cui avete portato una donna in casa. Potrei consigliarvi di mandare a prendere a Bath degli abiti a lei adatti? Non sarebbe decente farle indossare i vestiti della signora Fairfax."

Quell'osservazione lo stupì. Mary credeva per caso che lui si fosse portato a casa una poco di buono, e non una donna degna di comprensione? Poi, all'improvviso, Gareth rimase sconvolto nel rendersi conto di aver voluto difendere Helen. Come aveva fatto quella donna a insinuarsi tanto rapidamente nel suo cuore?

"Temo di non capire," ringhiò a Mary, sfidandola a fare una nuova affermazione offensiva nei confronti di Helen. Dopo tutto quello che era capitato a quest'ultima – principalmente per mano sua – si sentiva protettivo.

Mary rimase di stucco, quindi strinse gli occhi con aria infastidita. "Non volevo offendere la signorina insinuando che non sia degna di indossare gli abiti della signora Fairfax. Volevo solo dire che è molto più alta di quanto lo fosse lady Clarissa e che i suoi capelli e la sua pelle più chiari richiedono colori molto diversi; per non parlare del fatto che la moda è cambiata parecchio, negli ultimi sette anni. Col vostro permesso, manderò a prendere un guardaroba migliore domani mattina." Mary sollevò il mento e incrociò le braccia con un'espressione infastidita, come se si aspettasse un nuovo ringhio da parte sua.

Gareth si rilassò notevolmente. "Sì, fai come ritieni adeguato. A me non importa della moda, ma se può rendere felice Helen..." Si interruppe, sorpreso dal fatto che stesse pensando a ciò che avrebbe compiaciuto Helen, quando all'inizio lei non era stata altro che un oggetto portato lì per dare piacere a lui. Sembrava proprio che le lacrime della donna lo avessero commosso.

"Volete che dia un'occhiata alla vostra ferita?" Lo sguardo di Mary cadde sul suo braccio leso.

Gareth scosse rapidamente la testa. "È solo un graffio. La signorina Banks ha avuto la bella idea di spararmi."

"Spararvi?" La voce della sua governante si alzò di un'ottava. "Di grazia, cosa le stavate facendo per aver suscitato una reazione del genere?"

Gareth le rivolse un sorriso stanco, ma comunque accattivante. "Beh, è una storia bizzarra. Io ho sfidato suo fratello a duello e lei si è presentata travestita da lui e ha preso il suo posto. Mi ha sparato – per errore, credo – prima che io mi rendessi conto che non era un uomo."

"Beh, se credete di potervela cavare da solo..." Mary stava ancora guardando con preoccupazione la ferita. "Credo che domani manderò comunque a chiamare il dottore per far dare un'occhiata alla ferita. Buonanotte, signore." Mary riverì; gli angoli della sua bocca si contrassero in maniera tanto lieve da spingere Gareth a chiedersi se non se lo fosse immaginato, prima che lei lo lasciasse ai suoi pensieri e lui si preparasse per andare a letto.

Gareth si tolse la camicia insanguinata e versò dell'acqua nel catino. La ferita era superficiale. Il proiettile lo aveva solo sfiorato. Ridacchiò tra sé mentre ripensava allo sguardo inorridito negli occhi spalancati di Helen mentre lei correva ad aiutarlo nel campo. La prima volta che sparava, ed era riuscita a ferirlo superficialmente: non male per una donna.

E che donna. Helen era davvero bella, con le labbra morbide e cedevoli di una ragazza ingenua, un seno perfetto e la curva di una vita stretta che formava fianchi più larghi. Fatti apposta per le mani di Gareth.

Dio... è trascorso troppo tempo dall'ultima volta in cui sono stato con

CAPITOLO 2

una donna. Per poco Gareth non gemette. Sedurre altre donne non rientrava nei numerosi vizi che aveva preso dopo la morte di sua moglie. Negli ultimi sette anni, non aveva avuto né la voglia né il desiderio di andare con nessuna delle donne che aveva conosciuto. E tuttavia, il semplice pensiero di Helen sotto di lui nel suo letto, coi capelli dorati che si allargavano attorno a lei in raggi di sole condensato, lo faceva tremare dal desiderio. Quale piacere sarebbe stato prenderla per la prima volta. Il fodero di lei lo avrebbe stretto come un pugno chiuso e Gareth sapeva che il piacere sarebbe stato incomparabile. C'era voluto tutto il suo autocontrollo per non fare di più che farla godere con la mano. Il suo membro si indurì nei suoi pantaloni, premendo duramente contro i bottoni.

Avrebbe dovuto controllarsi. Helen era vergine; Gareth non aveva dubbi al riguardo, non dopo averla baciata in salotto. Negli occhi di lei era brillato il desiderio innocente di una fanciulla intatta, eppure aveva reagito con una fame sensuale che rendeva palese il fatto che sarebbe diventata una grande amante per un uomo fortunato. Avrebbe imparato quanto fosse bello averlo dentro mentre le labbra di Gareth bevevano la dolcezza della sua bocca. Forse, lui avrebbe potuto finalmente trovare il piacere che cercava, dopo esserselo visto strappare di mano sette anni prima.

Finì di pulire la ferita sulla spalla e la coprì con un bendaggio leggero. Mentre si metteva a letto, si aspettava di sognare Helen e il modo in cui l'avrebbe sedotta il mattino dopo.

Invece, i suoi sogni furono tormentati dall'usignolo in gabbia e dalla sua lotta per la libertà, facendo risuonare una canzone triste nelle profondità fangose della sua incoscienza.

※

Helen si svegliò fresca e riposata, al punto che quasi dimenticò i guai che aveva passato poche ore prima. Ma non appena il suo sguardo si posò sul letto estraneo illuminato dalla luce del sole, lei ricordò dove si trovava. Scivolò fuori da sotto le coperte e si alzò; il pavimento di legno era freddo sotto i suoi piedi. Si lavò al catino dell'acqua e andò all'armadio per vedere quali vestiti ci fossero. Per quanto le fosse piaciuta la libertà di movimento concessale dagli abiti di suo fratello, non sarebbe stato saggio indossarli di nuovo.

Aveva bisogno di una mente lucida per affrontare Gareth. La luce del giorno pesava su di lei, costringendola a prendere atto della verità. L'accordo che avevano stretto quel mattino, ore prima, doveva essere annullato. Di certo, l'uomo se ne sarebbe reso conto a mente fredda, dopo aver riposato. Non c'era bisogno di tenerla lì, non quando lui poteva scegliere tra tutte le donne di Bath.

Mentre si premeva un dito contro le labbra, Helen avrebbe potuto giurare di sentire ancora il bacio di Gareth. I suoi ricordi del primo mattino erano semplicemente sogni gonfiati. Quello che avevano fatto, il modo in cui si erano abbracciati, toccati... non era stato così deliziosamente magnifico, vero? Sì, era stato tutto un sogno, senza dubbio generato dalla sua ansia per la situazione attuale.

L'unica cosa che le restava da fare era decidere come dire a Gareth che aveva intenzione di rompere l'accordo e convincerlo a riportarla a casa. Sarebbe stato necessario inventare delle scuse per nascondere dove lei era stata. Forse avrebbe potuto dire di aver avuto un malore e di essersi fermata a casa di un'amica... Ma quale amica aveva che avrebbe potuto dare credibilità alla menzogna? Era improbabile che ciò sarebbe accaduto. E quello non era nemmeno l'unico problema. Helen avrebbe dovuto trovare un modo onesto per ripagare i debiti di Martin; per farlo, doveva tornare subito a Bath e non aveva intenzione di tornarci vestita da uomo. Il nome della sua famiglia era già stato infangato a sufficienza dai debiti di gioco di Martin; non poteva peggiorare la situazione.

L'armadio era pieno di abiti da donna, molto belli, ma semplici. Il taglio e lo stile di ciascun vestito erano fuori moda di qualche anno, ma le cuciture e i tessuti erano molto più fini di quelli a cui lei era abituata. Scelse un abito di un ceruleo chiaro, con le maniche bordate di pizzo e una scollatura modesta. Le gonne

CAPITOLO 2

erano troppo corte, ma a lei la cosa non dispiaceva. Indossò una sottoveste bianca leggera, una sottogonna e un corsetto; stava indossando il vestito quando la serratura scattò e Mary entrò nella stanza.

"Buongiorno, signorina Banks. Spero che abbiate dormito bene." Mary la raggiunse per aiutarla a vestirsi.

"Sì, grazie," rispose timidamente lei. Aveva dovuto congedare Olivia, la sua cameriera personale, qualche mese prima. La servitù era troppo costosa da mantenere, quando lei e suo fratello potevano a malapena permettersi da mangiare. Mary allungò rapidamente l'orlo del vestito con un paio di piccole forbici da sarta.

"Il padrone mi ha permesso di mandare a prendere degli abiti più adatti alla vostra altezza e al vostro colorito. Arriveranno più tardi, in giornata," disse Mary mentre le faceva cenno di sedersi di fronte al tavolo da toeletta.

"Non voglio creargli disturbo," disse Helen, turbata dall'idea che quel gesto potesse in qualche modo incrementare il debito già grande che doveva all'uomo. Mary la zittì mentre le spazzolava i capelli e cominciava ad acconciarli.

Sembrava che l'altra donna fosse in grado di leggerle nel pensiero. "Sono stata io a chiederglielo. La spesa non è un problema per lui, né tantomeno voi gli create disturbo."

Posso permettere che Gareth faccia una cosa del genere per me? Il pensiero di un mucchio di bei vestiti, tutti per lei... era quasi inimmaginabile. E Helen si odiava per il fatto di volerli, anche solo per guardarli.

"Ecco fatto. Guardate che bellezza. Non lasciate che il padrone rovini tutto," la ammonì Mary con un sorriso complice. Helen arrossì, avvertendo un forte calore al viso per via delle implicazioni delle parole di Mary.

Quando Helen si voltò e si guardò allo specchio, rimase sbalordita dall'acconciatura scelta dalla governante. Mary le aveva fermato i capelli all'indietro, in un'acconciatura a spirale non troppo stretta che ricordava molto lo stile greco. Diversi boccoli sciolti le ricadevano sulla parte posteriore del collo e un nastro ceruleo intrecciato ai capelli teneva insieme l'acconciatura.

"Pensavo che il padrone fosse l'unico a svegliarsi così presto. La colazione non sarà pronta prima di un'ora. Gradite magari vedere i giardini?" suggerì Mary mentre sospingeva Helen fuori dalla camera da letto.

"Sono certa che siano splendidi," disse lei; ma quando il suo stomaco brontolò, arrossì per la vergogna.

"Povera cara. Venite in cucina con me: farò in modo che mettiate qualcosa nello stomaco prima di uscire." La governante le tirò giocosamente un boccolo, un gesto così caldo e affettuoso che Helen dovette trattenere le lacrime. Anche sua madre faceva così, una volta: le tirava un ricciolo e la baciava sulla guancia.

Helen fece per protestare, ma i crampi allo stomaco non fecero che peggiorare e lei non ebbe ragione di opporsi. Mary la accompagnò fuori dalla camera da letto e la condusse verso la cucina.

La casa di Gareth, così cupa e inquietante di notte, era completamente diversa alla luce del giorno. Il sole penetrava dalle numerose finestre, illuminando pareti dipinte che ritraevano scene bucoliche e giardini. Era come se gli abitanti della casa avessero desiderato sentirsi per sempre in giardino, anche quando erano in casa. E tuttavia, nonostante la bellezza del luogo, si avvertiva una mancanza. Helen ripensò a quando, da bambina, aveva trovato un nido abbandonato nel tardo autunno. Quella casa le dava la stessa sensazione... come se anch'essa avesse perso, un tempo, coloro che vi abitavano.

"Mary, questa casa è sempre stata così vuota?" Sapeva che era una domanda impertinente, ma la sua curiosità esigeva una risposta.

"Il padrone ha perso sua moglie e suo figlio sette anni fa. Allora era solo un ragazzo di appena vent'anni. La casa è silenziosa da quando la mia signora non c'è più." Mary sospirò pesantemente, come se parlare di quella perdita le provocasse sofferenza.

"Il signor Fairfax ha solo ventisette anni?" Helen era sbalordita. Gareth non sembrava vecchio, ma la sua voce, il suo sguardo, la sua presenza fisica, suggerivano che fosse una persona esperta e vissuta. E invece, aveva solo sei anni più di lei. Helen trattenne un'improvvisa esplosione di irritazione al pensiero che egli la trattasse, a volte, come se fosse stata una bambina. Poi, l'irritazione sfumò in un brivido al ricordo di come lui l'aveva baciata in camera sua. Forse non la vedeva poi come una persona tanto giovane, dopotutto.

La cucina era piena di servitori indaffarati e Helen rimase ferma sulla soglia, non volendo intromettersi. Mary afferrò un paio di biscotti e la fece uscire di nuovo in corridoio. Lei prese le leccornie e le piluccò mentre seguiva la governante fino a una porta in fondo alla casa.

"Ah, eccoci arrivate. I giardini sono qui fuori. Nel caso aveste voglia di fare una passeggiata lunga, fuori c'è anche un bel prato. Ma non allontanatevi: è facile perdersi. Siamo molto lontani dai centri abitati." Mary la spinse con delicatezza fuori dalla porta.

Non appena Mary se ne fu andata, Helen cominciò a camminare, mantenendo un passo lento mentre finiva l'ultimo dei biscotti e si portava una mano al ventre, crogiolandosi nella sensazione di sazietà. Avvertì un bizzarro impulso a correre, fuggire. La consapevolezza che Gareth fosse da qualche parte lì vicino la faceva sentire... vulnerabile, esposta. In precedenza, era stata sicura di poterlo affrontare e che sarebbe stata felice di condividere il letto con lui. Ma il sonno le aveva restituito il buonsenso. Non era pronta a congiungersi con un uomo, soprattutto non uno come Gareth. Lui avrebbe fatto irruzione nel suo cuore, glielo avrebbe rubato e avrebbe lasciato il suo corpo bramoso di lui e dei suoi baci per il resto della vita. Una donna non poteva permettersi un problema del genere, non quando probabilmente le sarebbe toccato chiedere l'elemosina per strada per salvare ciò che restava della sua famiglia.

Si fermò per avvicinare dei fiori al viso e annusarne il profumo. Ma non dimenticò nemmeno per un istante che avrebbe dovuto farsi coraggio per parlare con Gareth e annullare l'accordo.

Stando alle parole di Mary, Gareth doveva essere già in piedi e in giro per la tenuta. Helen non si sentiva pronta a vederlo di nuovo. Sarebbe stato troppo facile perdersi nel ricordo della bocca di lui sulla sua, delle mani dell'uomo che la accarezzavano in quel punto buio e caldo tra le cosce. Come se lei avesse evocato il demone della passione, il punto tra le sue gambe prese a pulsare costantemente – con insistenza – bramoso del tocco esperto di Gareth.

Finalmente, Helen trovò l'uscita del giardino e decise che, forse, sarebbe stato meglio allontanarsi per un po' dalla casa, nella speranza che l'aria fresca le schiarisse la testa.

L'uscita era un architrave di pietra con una porta di legno coperta di edera. Helen cercò a tentoni la maniglia sotto le foglie scivolose e aprì la porta. Si ritrovò di fronte alla scena incantevole di un territorio vasto, con gli alberi che punteggiavano i confini dei prati ondeggianti e cieli azzurri che si estendevano fino al paradiso. Mentre oltrepassava l'architrave, ebbe la stranissima sensazione di essere libera da Gareth e dal loro patto diabolico. Alle sue spalle c'erano la casa e il controllo dell'uomo; più in là, nient'altro che terra aperta. Poteva andare ovunque desiderasse...

Sono una sciocca a pensare che non verrà a cercarmi. Helen non dubitava che Gareth l'avrebbe trovata, ma l'illusione della libertà era qualcosa che non poteva dare per scontato, nemmeno per così poco.

Sagome bianche coperte di pelo morbido punteggiavano una collina lontana. *Devono essere pecore.* Il cuore di Helen mancò un battito di fronte a tanta bellezza. Le ricordava molto la sua casa d'infanzia, un piccolo cottage molto lontano da lì, confinante con una tenuta altrettanto grandiosa. Doveva aver imboccato la strada sbagliata dall'uscita del giardino: quello doveva essere il paradiso, non la terra di Gareth.

Dannazione a Martin e al suo vizio del gioco. Se solo si fosse controllato, io non sarei mai finita qui, non avrei mai visto questo luogo e non avrei mai baciato Gareth.

Helen era a metà del prato quando le venne in mente che avrebbe dovuto cercare riparo tra gli alberi, dove Gareth non

CAPITOLO 2

avrebbe potuto vederla, se voleva trascorrere un momento da sola per schiarirsi la testa. Considerato che l'uomo l'aveva chiusa a chiave nella sua stanza, la notte prima, avrebbe potuto pensare che volesse fuggire se l'avesse vista nel prato.

Helen cambiò direzione, tenendosi parallela alla casa mentre si incamminava verso la macchia d'alberi più vicina. Si voltò ancora una volta, fermandosi a dare un'ultima occhiata alla dimora. Un lieve rumore di ramoscelli spezzati e un fruscio di tessuto la fecero voltare di scatto. Gareth era appoggiato a un albero a meno di due metri da lei.

"Fate una passeggiata, Helen?" Il modo in cui la voce dell'uomo accarezzò il suo nome la fece tremare. Gareth indossava dei pantaloni marrone chiaro e un gilet blu marino scuro, i quali creavano un forte contrasto coi verdi e le sfumature di terra dei boschi alle sue spalle.

"Buongiorno, signor Fairfax." Lei gli rivolse un cenno di saluto, ma voltò la testa per sfuggire al suo sguardo di palese ammirazione. Somigliava troppo al modo in cui l'aveva guardata la notte prima, quando l'aveva inchiodata al baldacchino e... Il calore le infuse le guance e divampò sotto la superficie della sua pelle.

Gareth si staccò dall'albero al quale si era appoggiato. "Per favore, chiamatemi per nome. Vi trovo bene. Il rossore vi si addice."

"Ehm... Grazie." Helen non era sicura che ringraziare per un complimento del genere fosse opportuno, ma lo fece comunque, cercando di mantenere una parvenza di calma. Il suo sguardo percorse la zona su entrambi i lati dell'uomo, cercando di determinare quale fosse la strada migliore per aggirarlo. Le stava bloccando il sentiero migliore.

"Vorrei continuare la mia passeggiata... Gareth. Mi lascereste passare?" Finalmente, Helen trovò il coraggio di guardarlo negli occhi.

Fu un errore.

Lo sguardo di Gareth la bruciò, come fiamme invisibili che le lambivano la pelle, scaldandola dall'interno. Il pulsare tra le sue cosce riprese e lei le serrò, ma la pressione non fece che peggiorare la situazione.

"In modo che voi possiate correre a perdervi? Mia cara Helen, preferisco di molto che rimaniate qui, in modo da non dovervi venire a cercare più tardi." Il sorriso di gioia diabolica che sfiorò le labbra dell'uomo era troppo ammaliante e troppo pericoloso. Gareth fece un passo nella sua direzione.

Il cuore di Helen accelerò i battiti. Se fosse scappata ora, Gareth avrebbe osato afferrarla? Sarebbe stato decisamente incivile. Eppure, c'era qualcosa di particolarmente *incivile* in lui. La maniera predatoria in cui lui la pedinava e il modo primordiale in cui aveva preso il controllo del suo corpo qualche ora prima, in camera sua, le accendevano un fuoco dentro. Helen scattò sulla sinistra, optando per l'apertura tra Gareth e l'albero. Lui si allungò, afferrandola con facilità e passandole un braccio attorno alla vita. Helen rimase troppo sconcertata per urlare mentre l'uomo la obbligava a indietreggiare fino a toccare la corteccia ruvida. Le mani di Helen gli afferrarono il petto, stringendosi attorno al tessuto liscio del gilet. Lui le afferrò la vita, tenendola ferma e impedendole di fuggire.

"Helen..." mormorò l'uomo, la voce, per assurdo, rilassante e tranquillizzante. "Non vi farò del male. Ho fatto una promessa e mantengo sempre la parola data." L'ombra di un sorriso aleggiava sulla sua bocca. "Ma ora vi bacerò."

Il corpo traditore di Helen si rilassò nella presa di Gareth. I suoi occhi si chiusero e la sua testa si inclinò verso l'alto in cerca del bacio. Ma le labbra dell'uomo non toccarono mai le sue. Invece, scesero delicatamente dal suo collo fino al rigonfiamento del seno. Il respiro di Helen si fece più profondo e il suo petto si sollevò per andare incontro alla bocca esploratrice di lui. A ogni inalazione, Helen cercava di restare a galla in mezzo al senso di stordimento che il tocco di Gareth suscitava in lei. L'uomo prese in mano uno dei morbidi globi, passandole un pollice attorno al capezzolo turgido attraverso il tessuto del vestito. Gareth le pizzicò il capezzolo ed Helen dimenticò completamente di respirare. L'uomo aveva lo sguardo abbassato per studiare la sua reazione, il modo in cui la sua pelle arrossiva mentre lui continuava a stuzzicare e stimolare la punta sensibile. Helen era affascinata dall'espressione intensa di Gareth, dal modo in cui le sue labbra erano leggermente schiuse, il suo respiro più affannoso, i suoi occhi semichiusi, ma dal bagliore penetrante. Quando le sue dita le pizzicarono di nuovo il capezzolo, lei gemette, attirando nuovamente l'attenzione dell'uomo sul suo viso.

"Siete così reattiva, così viva," mormorò Gareth, accarezzandole la guancia col pollice. "Non avete idea dell'effetto che mi fate, vero?"

Helen deglutì, la bocca asciutta e incapace di formulare parole.

Le mani di Gareth le circondarono la vita, staccandola dall'albero e sospingendola verso il bordo della radura.

"Sedetevi," la invitò dolcemente.

Ancora ammaliata dal modo in cui le parole tenere ed eccitanti e il tocco di Gareth la ipnotizzavano, Helen lasciò che egli l'aiutasse a sedersi per terra. Gareth premette contro le sue spalle, spingendola a sdraiarsi. L'erba si piegò sotto di lei quando l'uomo le passò un braccio dietro la nuca per farle da cuscino.

"Cosa stiamo facendo?" mormorò lei, osservando il viso di Gareth, la luce che gli faceva da aureola mentre si chinava su di lei.

"Approfondiamo la reciproca conoscenza," rispose Gareth, come se quello che stavano facendo fosse stata la cosa più normale al mondo.

"Questo non vi richiederebbe di corteggiarmi, portandomi dei fiori e sedendo in salotto sotto lo sguardo attento di uno chaperon?" Era una mezza battuta, fatta per contrastare il formicolio nervoso che le si era diffuso con piccoli tremiti lungo tutto il corpo.

La risata profonda di Gareth la fece sorridere. Dunque, egli sapeva essere scherzoso e giocoso. Quella consapevolezza allentò ulteriormente la tensione in lei, che si rilassò.

"Volete dei fiori? Posso promettervi un campo pieno di fiori selvatici, un giardino, anche una serra. Qualunque cosa desideriate, è vostra. Ma niente chaperon e niente salotti. Vi voglio; voglio conoscere il vostro corpo e il modo in cui esso reagisce al mio." La schiettezza di Gareth la colse di sorpresa. Lui stesso sembrava perplesso dalla propria fame di lei.

Helen si divincolò, cercando di impedire che la mano di Gareth le sollevasse le gonne, ma lui allontanò gentilmente la sua. Helen spalancò gli occhi mentre l'altra mano dell'uomo si infilava sotto il suo vestito e risaliva lungo la coscia sinistra. Il tessuto dell'abito si sollevò in obbedienza al comando della mano, portandosi dietro la sottogonna. La bocca di Helen si schiuse quando lei gemette per lo sconcerto e per l'improvvisa paura generata dalla vulnerabilità. Aveva il terrore della mano di Gareth sulla coscia nuda e ancor più terrore del fatto che lei stessa voleva che egli continuasse a muovere il palmo verso l'alto, pur sapendo a cosa ciò avrebbe portato. Tutte le donne provavano forse quelle sensazioni quando un uomo le toccava per la prima volta, combattute tra la voglia disperata di scappare e il bisogno di qualcosa in più?

Il volto di Gareth bloccò il cielo luminoso. Le avrebbe dato piacere come la notte prima?

"Non abbiate paura di me, Helen." Suonava quasi come una preghiera.

Ma se c'era una cosa che Helen sapeva degli uomini come Gareth Fairfax, era il fatto che non era il genere d'uomo che implorava. Anzi, la fame che ardeva in fondo ai suoi occhi marrone scuro spiegava tutto. Lui aveva bisogno del corpo di Helen, aveva bisogno di convincerla ad accettare ciò che voleva farle. Come poteva rispondere una donna? *Sì, prendetemi, prendetemi tutta?* Lei non era pronta a concedersi in quel modo. Ma il pensiero svanì quando la testa di Gareth calò verso la sua.

Le labbra dell'uomo trovarono quelle di Helen. Lei si perse nel piacere della lingua di lui che danzava con la sua, ma rimase consapevole delle mani di Gareth che le allargavano le gambe e si infilavano attraverso la fessura nella sua biancheria. Quella prima carezza delle punte delle dita sulla sua carne calda bruciò entrambi, lei con un sibilo e lui con un gemito. Helen si mosse irrequieta mentre l'umidità si accumulava tra le sue cosce. Gareth avanzò più a fondo, trovando la carne gonfia, tenera e bramosa. La toccò una volta, due, aprendola ulteriormente. Helen rabbrividì dal piacere mentre l'uomo proseguiva. Le sue gambe si mossero e si contorsero mentre lei si adattava alla strana sensazione del tocco invasore dell'uomo. Era come se egli la stesse accarezzando nella parte più profonda di lei. Ogni lento affondo delle sue dita era uno stimolo delizioso. La bocca di Gareth abbandonò nuovamente la sua per deporre baci lungo le linee della clavicola di Helen e per scendere fino al pesante gonfiore dei seni.

Una sofferenza crebbe nel profondo di lei, una fame tra le gambe, lo stesso desiderio che aveva provato quella mattina nella sua stanza. Afferrò le spalle di Gareth. Come se questi avesse compreso le necessità del corpo di Helen, le sue dita affondarono ancora di più in lei e Helen emise un piccolo grido di piacere mescolato alla paura. Una miriade di minuscole esplosioni le scoppiò dentro, mandando fremiti lungo le sue membra. Si aggrappò a Gareth e il suo tremare violento recedette contro la forza dell'abbraccio.

Gareth tolse la mano, riabbassandole gonna e sottogonna sui fianchi e le gambe. La baciò di nuovo; quell'incontro di labbra fu più tenero di prima, come se lui stesse cercando di mantenere l'intimità del momento, la loro vicinanza e l'isolamento che avevano trovato insieme nella radura. La strinse a sé e Helen inalò il suo profumo: sandalo, cuoio e qualcosa di unico che apparteneva solo a lui, inebriante come un oppiaceo. La brezza smosse l'erba attorno a loro come le onde di un mare smeraldino. Per un breve istante, Helen pensò che loro due fossero le uniche persone presenti in quel paradiso e che all'esterno non esistesse un altro mondo.

"Avete ancora paura di me?" chiese Gareth in tono ironico mentre le accarezzava una guancia.

Helen, incantata dalle sensazioni che egli aveva creato in lei pochi istanti prima, rimase ammutolita per un secondo. Si lasciò andare alla carezza di Gareth, incapace di negarsi il piacere del suo tocco. Non riusciva a sfuggirgli e cominciava ad aver voglia di restare. Ma una parte di lei lo temeva comunque; temeva il modo in cui egli le faceva desiderare cose che sapeva di non poter avere, come la felicità con un uomo come lui. Ricordava il fuoco nei suoi occhi mentre esigeva che il debito venisse pagato. Gareth avrebbe rivendicato il pagamento – rivendicato lei – e la cosa la spaventava. Cosa sarebbe accaduto quando lui avrebbe finito e lei avrebbe fatto la sciocchezza di invaghirsi di lui?

"Credo che ne avrò sempre," ammise. Ma era un genere diverso di paura: non di ferite fisiche, ma della devastazione del cuore.

Gareth si produsse in una risata bassa e ruvida. "Voi mi lanciate una sfida, dunque. Trascorrerò il nostro tempo insieme a convincervi a fidarvi di me." Giocherellò con uno dei boccoli sciolti di Helen, sfoggiando un sorriso da ragazzo. "Voi mi piacete parecchio, Helen."

Lei si morse le labbra. Le parole *Anche voi mi piacerete parecchio* le rimasero sulla punta della lingua, non pronunciate.

Gareth si alzò in piedi e si pulì i pantaloni dall'erba. "Vogliamo tornare a casa e vedere se Mary ha fatto preparare la colazione?"

Helen barcollò per qualche istante mentre Gareth la aiutava a rialzarsi. Le tremavano le gambe per il ricordo di ciò che lui le aveva fatto e del modo in cui il suo corpo aveva reagito. Echi di piacere continuavano a diffondersi in lei sotto forma di piccole ondate di calore e del contrarsi dei suoi muscoli interiori. Gareth le offrì il braccio e lei vi si appoggiò, lieta di avere quel sostegno.

Al loro ritorno, la casa ferveva di attività da parte dei servitori. Le cameriere spolveravano gli scaffali e lucidavano i candelieri. I lacché correvano da una parte e dall'altra, obbedendo agli ordini di Mary. La governante si trovava nella sala principale e guidava i suoi sottoposti meglio di un generale. Gareth le rivolse un cenno di saluto quando la oltrepassarono, diretti verso la sala da pranzo. La governante rispose con un sorriso breve, ma caloroso, prima di correre a rimproverare un lacché goffo che era inciampato nel bordo di un tappeto e aveva rovesciato il catino d'acqua che stava portando con sé.

Il tavolo era decorato da vassoi di frutta, uova, aringhe affumicate e diverse marmellate da spalmare su un mucchio di pane tostato caldo. Lo stomaco di Helen brontolò alla vista del cibo. Sebbene si fosse ingozzata di biscotti un'ora prima, la vista di quei nuovi piatti rinnovò in lei la fame. Nel corso degli ultimi mesi, aveva dovuto tirare avanti a piccole razioni di pane e acqua per sopravvivere. Aveva preso l'abitudine di lasciare a suo fratello la porzione più grande di qualunque piatto potessero permettersi. Gareth le tirò indietro una sedia accanto al suo posto, a capotavola. Helen fece per prendere la fetta di pane tostato più vicina, ma si immobilizzò al ricordo delle buone maniere. Gareth non aveva ancora accennato a toccare cibo; in quel momento, stava passando in rassegna una pila di lettere portate da un servitore. L'uomo la guardò e notò la sua immobilità.

"Non aspettatemi. Mangiate, per favore." Gareth le sorrise calorosamente. Helen dovette trattenersi dal sorridere di rimando. L'uomo era una persona diversa rispetto a prima: allora era stato un uomo tormentato e disturbato, oppresso da rabbia e frustrazione. Ora sembrava... gentile. Anche nella radura, il suo tocco era stato tenero; insistente, sì, ma non brutale... a differenza di quanto lei si era aspettata.

Helen si riempì il piatto con un misto equilibrato di frutta, uova e pane tostato, godendosi la varietà. C'era un che di entusiasmante nel poter mangiare quanto voleva. Le finanze di famiglia erano ridotte talmente male che, negli ultimi tempi, lei e Martin avevano dovuto tirare la cinghia, e Helen si era vista costretta a convincere suo fratello che non aveva fame quanto lui, in modo che Martin potesse riempirsi di più lo stomaco. Per la prima volta dalla morte di suo padre, lei poteva preoccuparsi solo di se stessa e dei propri bisogni. Il suo stomaco brontolò di nuovo e lei lanciò un'occhiata pensierosa al mucchio di pane tostato prima di afferrarne rapidamente un'altra fetta e mettersela nel piatto.

Quello strano senso di conforto e agio la rendeva sempre meno decisa a opporsi a Gareth e ai suoi desideri. Se quello che era accaduto nel prato le era piaciuto, probabilmente le sarebbero piaciute anche le altre cose che lui avrebbe potuto farle. Beh, a voler essere onesti, non le era solo piaciuto. Era stato magnifico. Poteva anche valerne la pena: dare piacere fisico a Gareth in cambio di cibo e vestiti. Un pensiero gelido la colpì. Non era dunque migliore del genere di donna che aveva temuto di diventare? Certamente no. Gareth non la trattava come se fosse stata quel tipo di donna, eppure... Helen scosse leggermente la testa per liberarsi di quel pensiero sgradevole e tornò a dedicare la propria attenzione al cibo.

Gareth lesse le proprie lettere mentre mangiava, all'apparenza ignaro del fatto che lei lo stesse osservando. Helen aveva creduto che, forse, la sua mente avesse esagerato la perfezione marmorea del viso dell'uomo, ma essa era proprio come lei la ricordava. La luce del sole giocava coi capelli dell'uomo, rivelando un accenno di cioccolato in mezzo al profondo color ruggine. Le mani di Gareth erano grandi e forti; le dita rompevano con agilità i sigilli delle lettere. Quelle erano le stesse mani che le avevano dato un piacere indicibile solo poco tempo prima. Un brivido delizioso la attraversò al ricordo.

Dopo aver finito di consumare la colazione, Gareth le augurò una buona giornata con un inchino elegante e si portò la sua mano alle labbra per baciarle l'interno del polso. Il cuore di Helen spiccò un balzo a quel contatto intimo.

Era affascinata da lui, come un pesciolino indifeso che intravedeva per la prima volta un amo scintillante nel torrente. Avrebbe voluto seguirlo, vedere dove sarebbe andato e cosa avrebbe fatto. Avrebbe voluto baciarla o darle piacere di nuovo? Gareth era mezzo fuori dalla porta quando si fermò e lei gli andò a sbattere contro. L'uomo si guardò alle spalle e parve stupito di trovarsela tanto vicino.

"Volete seguirmi, Helen? Non è necessario. Siete libera di girare come preferite per la casa e per il giardino."

Helen si accigliò. Gareth la stava forse congedando? Voleva lasciarla da sola mentre lui gironzolava come gli pareva? Il pensiero la intristì. Forse non era di buona compagnia e presto lui si sarebbe stancato di lei. In quanto gemella, Helen era bramosa di compagnia e non amava trascorrere troppo tempo da sola. Non aveva la necessità di parlare continuamente con qualcuno a tutte le ore del giorno, ma le piaceva avere un'altra persona in sua presenza. Forse Gareth era fatto all'opposto e non voleva averla attorno.

Il silenzio sconsolato di Helen parve colpire Gareth al punto che l'uomo le prese il braccio e inclinò la testa per chiederle di accompagnarlo.

"Venite, allora. Sono diretto alle scuderie. È un buon giorno per cavalcare."

"Avete dei cavalli?" Helen tornò a sorridere, invasa dai ricordi di gioventù. Un tempo, la sua famiglia aveva posseduto una coppia di robusti cavalli da tiro, che lei e Martin cavalcavano d'estate.

"Ma certo che ho dei cavalli, mia cara. Come credete che abbia fatto la mia carrozza a portarci qui?"

La stava prendendo in giro; Helen glielo leggeva negli occhi. Le piaceva quando Gareth era di umore giocoso. Doveva provare qualcosa per lei, per quanto poco, se scherzava con lei. Uno degli amici d'infanzia di Martin era stato solito tirarle i capelli e sua madre le aveva detto che, spesso, gli uomini trattavano in quel modo le donne che piacevano loro.

"Sapete andare a cavallo?"

"Sì, ma non all'amazzone, temo," ammise lei. Suo padre non si era preso la briga di insegnarle le raffinatezze che ci si attendeva dalle signore di buona famiglia, almeno per quanto riguardava l'equitazione. Dato che sua madre era morta quando lei era bambina, Helen era cresciuta senza la guida femminile che le avrebbe insegnato cose del genere.

"Questo è un bene, perché mi sono liberato anni fa dell'unica sella all'amazzone che avevo."

"Perché vostra moglie era venuta a mancare?" Helen si pentì di aver pronunciato quelle parole non appena le uscirono di bocca. "Chiedo scusa. Non volevo..." Era fortemente imbarazzata, il volto paonazzo per la vergona.

"Non temete. Ho pianto Clarissa, mia moglie, e mi sono messo il cuore in pace per la sua morte. Potete parlare di lei, se volete.

Non mi causa dolore, ve lo assicuro." Ma nonostante il sorriso cordiale che gli curvò le labbra, c'era un che di guardingo, nella sua espressione, che le fece capire che sentir menzionare il nome della moglie defunta era comunque un colpo al cuore per lui.

"La amavate molto." Helen lo capiva dagli occhi di Gareth, dal modo in cui la mestizia in essi contenuta formava ombre cupe. Perdere una persona amata, spesso, lasciava una chiazza sull'anima.

"Era mia amica. Non sono molti, gli uomini che hanno la fortuna di avere mogli in possesso dei loro cuori e delle loro menti, non solo come amanti, ma anche come amiche. È una perdita dalla quale è difficile riprendersi. Rimpiango i momenti in cui parlavamo fino a tarda notte e cavalcavamo insieme nei pomeriggi pigri." Gareth scosse leggermente la testa, come per scacciare la malinconia che andava insinuandosi in lui. "Eramo felici quando molti altri, attorno a noi, non erano altrettanto fortunati. Probabilmente, non conoscerò mai più una gioia simile."

Helen si morse il labbro inferiore e il dolore serrò come una morsa gli artigli attorno al suo cuore, minacciando di lacerarlo. Gareth era ancora un uomo ferito, per quanto credesse di aver voltato pagina. Tutto, di lui, stava diventando più chiaro: aveva un bisogno disperato di emozionarsi, di tornare a vivere, e usare lei, anche se solo come compagna temporanea, doveva essere un modo di cercare sollievo. Helen non provò pena, per lui, ma compassione.

Con allegria forzata, l'uomo le indicò le scale. "Volete andare a indossare un abito da equitazione?"

"Sì. Ci metterò solo un momento," promise Helen.

Una volta che lei si fu vestita a dovere per andare a cavallo, i due uscirono di casa e si recarono al fabbricato annesso. Era una scuderia piccola, ma ben tenuta, con quattro stalli per i quattro cavalli di proprietà di Gareth. Erano tutti bai abbinati, le teste alte e le zampe lunghe e snelle; nulla a che vedere coi cavalli da tiro che Helen aveva cavalcato da bambina.

Pur non volendo recare disturbo a Gareth, voleva comunque conoscerlo. Se fosse rimasta con lui, doveva comprenderlo meglio.

"Se non sentite più la mancanza di vostra moglie, perché non vi siete risposato?"

Com'era possibile che quell'uomo, così ricco di bellezza e di denaro, non trovasse un'altra moglie, una che sarebbe stata felicissima di compiacerlo? Gareth sorrise, ma fu un sorriso piccolo e sofferente. Il suo sguardo si spostò dal cavallo a lei. In quello sguardo, Helen lesse la verità: Clarissa non poteva essere sostituita e lui non aveva voluto nemmeno provarci.

"Dopo qualche anno, mi sono abituato all'assenza di Clarissa, ma sono divenuto irrequieto. Nulla mi rilassa più; nulla mi dà più pace." Gareth parlò a bassa voce, più a se stesso che altro, come se quella fosse una rivelazione che non aveva mai osato fare ad alta voce. La sua confessione era come aprire un libro, le cui pagine lasciavano intravedere i suoi segreti. Helen bramava leggere ulteriori pagine dell'anima dell'uomo, imparare a conoscerlo come lui solo si conosceva.

Desiderosa di dargli conforto, gli appoggiò una mano sul braccio. "Cercate di amare di nuovo. L'amore tranquillizza il cuore."

Gareth scosse la testa. "No. L'amore distrugge. Vi fa a pezzi e vi devasta. Non cercherei mai più qualcosa di simile."

※

Gareth guardò la donna, i cui occhi azzurri lo stavano osservando in maniera pietosa. Ella non sapeva dunque cosa gli stava chiedendo? L'amore era difficile da trovare, difficile da meritare e difficile da conservare. Allungò una mano per giocherellare con uno dei boccoli di lei, desideroso di liberare la mente dai pensieri che ella vi aveva posto. Le sue azioni fecero arricciare il naso di Helen per la disapprovazione. Il bisogno di stringerla divenne troppo forte per resistervi. Gareth la prese tra le braccia, crogiolandosi nella sensazione del corpo premuto contro il suo.

Helen diventava sempre più ricettiva nei confronti dei suoi baci. Gareth lasciò che fosse la bocca della donna a guidare la sua; le permise di esplorare il suo petto, le sue braccia, la sua schiena prima che lei congiungesse le mani attorno al suo collo. I polpastrelli di Helen gli sfiorarono la nuca e gli accarezzarono i capelli. Gareth adorava la rapidità con cui ella si era aperta a lui, il modo in cui si lasciava istruire riguardo alle vie della seduzione.

La sensazione del tocco di lei sulla pelle lo fece rabbrividire. Helen imparava davvero in fretta. Gareth avrebbe voluto allargarle di nuovo le gambe, come aveva fatto nella radura, ma le scuderie non erano il luogo adatto per quel genere di attività. Invece, le stuzzicò i seni attraverso il tessuto del vestito fino a quando non la sentì perdere il fiato. Ebbe un'erezione, l'inguine che doleva dalla voglia, ma non poteva prenderla, non fino a quando lei non glielo avrebbe chiesto. Avrebbe potuto baciarla e toccarla per ore.

"Chiedo scusa, signore!" Uno stalliere, che era appena entrato nelle scuderie, si scusò profusamente mentre si allontanava in tutta fretta, rovesciando per la fretta un secchio di mangime.

Helen soffocò una risatina imbarazzata e tuffò il viso contro il petto di Gareth, come per nascondersi dallo sguardo del mondo. Anche lui si ritrovò a ridere. Fu una risata rumorosa e di gusto, una che non faceva da anni. Cosa gli stava facendo Helen? In un sol giorno, quella donna aveva rivoltato il suo mondo. Era aperta e onesta riguardo a se stessa e alla propria vita. E coraggiosa. Gareth non poteva certo dimenticare il modo in cui aveva rischiato la vita per salvare quella del fratello, sapendo che sarebbe morta. Quale donna di sua conoscenza avrebbe osato mettere a rischio la propria vita? Nessuna. Helen era diversa. Era reale, bellissima e colma di vita. Ogni volta che Gareth la guardava, era come se qualcosa dentro di lui si scrollasse un secolo di polvere e si risvegliasse. Starle vicino lo faceva sentire vivo.

"Prepariamo i cavalli. È meglio montare in sella quando il giorno è ancora giovane." Gareth si staccò con riluttanza Helen dal petto e si dedicò a sellare i cavalli.

Cavalcarono al piccolo galoppo per quasi un'ora, lungo il prato, giù dalla collina e attraverso le terre confinanti. Gareth ridacchiò mentre Helen cavalcava la sua giumenta attraverso un gregge di pecore in preda al panico. Entrambi per poco non caddero dalla sella per le risate mentre guardavano le lanose creature fuggire in tutte le direzioni per non farsi calpestare. Le pecore si radunarono poi a diversi metri di distanza, come un gruppo di rivoltosi, belando in maniera melodrammatica in reazione all'aggressione subita.

"Santi numi! Che cavalcata," disse Helen mentre guardava le pecore agitarsi per gli sbuffi e il battere degli zoccoli del suo cavallo.

"Oserei dire che il fattore, il signor Pennysworth, non sarà felice di scoprire che abbiamo spaventato i suoi animali. Forza, Helen, andiamo." Gareth ridacchiò e tirò delicatamente le redini del suo cavallo per ordinargli di voltarsi.

Gareth aveva guardato Helen per tutto il tempo che avevano trascorso fuori a cavallo. Non era riuscito a distogliere lo sguardo dall'aureola dei suoi capelli dorati o dal suo sorriso birbantesco mentre cavalcava verso le pecore. La sua risatina era musica per lui, una musica di cui aveva sentito la mancanza per anni.

Canta, mio piccolo usignolo. Canta per me, ti prego. Helen era bellissima, era perfetta, e lui avrebbe dovuto lasciarla andare. Prima o poi, il fratello di lei si sarebbe fatto vivo e Gareth avrebbe dovuto affrontarlo. E che gli venisse un colpo se sapeva come comportarsi con Martin Banks. Quell'idiota avrebbe potuto insistere per duellare, ora per l'onore di Helen. Che razza di pasticcio. Il suo sguardo si spostò su Helen e il sorriso sbarazzino della donna fece svanire tutti i problemi relativi alla sua scelta di averla. Ne valeva la pena. Gareth sapeva che non avrebbe potuto tenersela a lungo. Gli tornarono in mente le parole di Ambrose: stava rovinando quella donna in nome dei debiti del fratello di lei. Debiti che non avrebbe dovuto essere Helen a pagare; e tuttavia, lui aveva distrutto ogni occasione, per lei, di contrarre un buon matrimonio. La cosa non gli era importata nel campo, dopo il duello; anzi, Gareth aveva gioito al pensiero di colpire Banks accollandogli una sorella che non avrebbe mai trovato marito. Ma ora... ora si rendeva conto che stava solo facendo del male a Helen, una donna coraggiosa e innocente che non meritava tutto ciò. E tuttavia, non c'era modo per porre rimedio al danno che aveva provocato.

Il matrimonio era fuori questione. Lui non aveva nulla da offrire a Helen, se non il suo nome e il suo corpo, e sapeva fin troppo bene che una donna come lei avrebbe avuto bisogno di avere il suo cuore per sopravvivere a un matrimonio. Per lui, quella era una pura e semplice seduzione. Non aveva diritto ad altro. Aveva perso il diritto di amare molto tempo prima. Dio non gli avrebbe concesso una seconda possibilità, non dopo avergli dato Clarissa. Quel genere di amore, Gareth ne era sicuro, giungeva una volta sola. Lui aveva avuto la sua occasione e l'aveva perduta. Helen non era altro che un crudele promemoria di ciò che non avrebbe mai potuto avere.

3

Helen trascorse il resto della giornata a esplorare la casa, leggere nella fornitissima biblioteca e farsi viziare dai numerosi cuochi in cucina, i quali furono più che lieti di farle assaggiare pasticci, dolci e altri piatti che stavano preparando. Gareth era dovuto uscire per occuparsi di una questione d'affari, ma le aveva assicurato che sarebbe tornato in tempo per la cena. Dapprima, Helen ebbe la sensazione che la casa fosse vuota senza di lui, ma presto Mary la distrasse con una serie di attività. Helen aveva il permesso di suonare liberamente il pianoforte nella stanza della musica, fu incoraggiata a esplorare i giardini e fu praticamente costretta a provare un vestito dopo l'altro quando essi arrivarono da Bath nel tardo pomeriggio. Circa a metà della giornata, Helen si convinse che quello non doveva essere che un sogno complesso e magnifico e che, prima o poi, si sarebbe risvegliata di nuovo a Bath, dove avrebbe ripreso a tenere d'occhio suo fratello e le loro magre finanze.

Una volta che Mary ebbe finito di sistemare tutti i suoi vestiti nuovi, la lasciò sola. La giornata era ancora limpida e piacevole e il sole caldo stava tramontando nel cielo a ovest, quando Helen entrò ancora una volta in giardino. Trovò un albero robusto vicino al muro e decise di arrampicarsi sopra di esso per osservare meglio il tramonto. Arrampicarsi sugli alberi era un'attività più adatta a una bambina piccola che a una donna di ventun anni, ma Helen non ne se curò. Laggiù era libera di fare ciò che desiderava, di mangiare, di giocare, di ridere, persino di arrampicarsi. In quel mondo privato, il tempo aveva perso ogni significato. Lei poteva fare ciò che desiderava e, in quel momento, aveva intenzione di arrampicarsi su un albero per osservare meglio il cielo arrossato al di là dei giardini.

Tornata in camera sua, indossò rapidamente i pantaloni e la camicia di suo fratello. Era l'abbigliamento migliore per arrampicarsi: il suo nuovo abito di mussolina bianca si sarebbe rovinato completamente. Helen condivideva la corporatura atletica di suo fratello e trovò facile afferrare i rami inferiori e tirarsi su. La corteccia era ruvida sotto i suoi palmi, ma lei ignorò il bruciore dei piccoli graffi sulla pelle sensibile. Quando smise di arrampicarsi, aveva una buona visuale del tramonto oltre il muro del giardino.

Il sole era ora una mela scarlatta bassa sull'orizzonte, come in attesa di essere colta. Spessi raggi di luce dorata solleticavano l'erba ondeggiante del prato, donando nuova profondità alle sue sfumature di smeraldo. Era quell'ora del giorno che spesso si perdeva nel fervore delle attività, quando il mondo sembrava immobilizzarsi in un momento dorato. Il silenzio calò sulla terra, gli uccelli tacquero e nessuna brezza sferzava i rami o l'erba. C'era solo un tenero silenzio, come quando una madre metteva a dormire il suo bambino nel tardo pomeriggio. L'aria era colma della promessa di ciò che avrebbe potuto portare la notte, ma le frenetiche attività serali non erano ancora cominciate. Era un momento sacro.

"Come diavolo avete fatto ad arrivare lassù?" tuonò la voce di Gareth.

Helen ebbe un sussulto e per poco non cadde dal ramo su cui era in equilibrio. Abbassò lo sguardo e vide l'uomo alla base dell'albero, che la guardava. Tre metri separavano lei da Gareth e dal suolo. Non era una gran distanza.

"Mi sono arrampicata, naturalmente." Helen rise dell'espressione sorpresa di Gareth e il cuore le scese dalla gola per tornare nel petto mentre ritrovava l'equilibrio. "Come avete fatto a trovarmi?"

L'uomo aggrottò le sopracciglia in un lieve cipiglio. "Uno dei giardinieri vi ha vista uscire vestita con gli abiti di vostro fratello. Temeva che aveste intenzione di andarvene, per cui ha tenuto traccia dei vostri spostamenti."

Questa volta, fu lei ad accigliarsi. "Avete ordinato alla vostra servitù di sorvegliarmi?"

"Ecco..." Gareth distolse lo sguardo con aria colpevole. "Non esattamente. Ho solo detto loro che non dovevate lasciare la proprietà senza di me. Ad attirare l'attenzione del giardiniere è stato soprattutto il fatto che giraste in pantaloni, piuttosto che un mio ordine di tenervi d'occhio," rispose Gareth.

"Oh," disse Helen, esalando il fiato. La cosa aveva senso. Era balzata alle conclusioni e si era sbagliata... beh, non del tutto, ma comunque abbastanza da sentirsi a disagio per il senso di colpa dovuto alle supposizioni che aveva fatto.

"Mando a chiamare il giardiniere capo per fargli portare una scala?"

Helen sospirò. "No, posso scendere da sola. Volevo solo guardare il tramonto." Il suo sguardo tornò ai cieli color pesca, che ardevano attorno al sole al tramonto. Sarebbe potuta rimanere lì per sempre a guardare i colori che cambiavano lentamente, dimenticando tutte le preoccupazioni che le gravavano sull'anima.

L'albero tremolò e i rami mormorarono attorno a lei. Helen abbassò di nuovo lo sguardo e vide Gareth arrampicarsi verso di lei. L'uomo si mise in equilibrio nel punto in cui il grosso ramo su cui lei era seduta si separava dal tronco e mise alla prova il ramo per vedere se avrebbe sostenuto il suo peso. Ci fu un singolo istante, quando egli sollevò lo sguardo sul volto di Helen, in cui lei vide qualcosa, nella sua espressione, che le strappò un piccolo brivido: desiderio e una felicità velata di disperazione mentre egli la guardava, come se Helen fosse stata qualcosa di molto prezioso e al di fuori della sua portata. *Nessuno* l'aveva mai guardata in quel modo. Conosceva molte donne che avrebbero approfittato della situazione per trarne vantaggio, ma il suo primo istinto fu quello di andare da lui, di scacciare la sofferenza nei suoi occhi e nella sua bocca serrata coi suoi baci. Sebbene egli l'avesse rovinata, lei non riusciva a resistergli.

Quando Gareth si convinse che l'albero avrebbe retto il suo peso, spalancò le braccia. Senza pensarci, Helen lo raggiunse per accoccolarsi contro di lui e guardare il tramonto insieme.

"Com'è andata la giornata?" Il fiato caldo dell'uomo mosse i riccioli che le penzolavano contro il collo.

"Meravigliosamente. È stata davvero splendida. Era trascorso tanto da quando..." Helen si trattenne.

"Da quando...?" Le labbra di Gareth si premettero delicatamente contro il suo collo. Helen chiuse gli occhi; avrebbe voluto rispondere, ma la vergogna la zittì.

"Ditemelo, Helen." Il suo nome sulle labbra di lui indebolì la sua determinazione a tacere.

Tra di loro calò il silenzio mentre lei esitava. Gareth non insistette perché lei parlasse; si limitò a tenerla stretta, come se avessero avuto infinite ore per esistere insieme nello stesso universo e non fossero necessarie parole. Fu quel senso di conforto da lui creato a renderla capace di confidargli la vulnerabile verità della sua situazione.

"Era da molto tempo che non avevo una giornata in cui potessi fare ciò che desideravo, in cui non dovessi lesinarmi il cibo cosicché Martin ne avesse di più, in cui non dovessi rammendare l'ennesimo strappo nel mio scialle o temere i mormorii e gli sgarbi contro di me e mio fratello nelle sale da ballo pubbliche. Una giornata in cui essere me stessa." Helen si rese conto di stare arrossendo, ma non riuscì a trattenersi.

Gareth, la cui mano le stava accarezzando la schiena, si immobilizzò. Per un terribile istante, Helen temette che si sarebbe allontanato.

"Da quanto tempo vostro fratello perde denaro al gioco?"

"Da quasi tre mesi. Ha aspettato solo un mese dopo la morte di mio padre prima di cominciare a frequentare le bische. Avevamo pochissimo e lui sosteneva di vincere a sufficienza da darci una buona sistemazione a Bath. Ci eravamo trasferiti laggiù poche settimane dopo la morte di papà; avevamo affittato a poco prezzo un paio di piccole stanze, ma Martin diceva che avevamo bisogno di qualcosa di meglio. È stato allora che ha cominciato a giocare costantemente a carte."

Le mani di Gareth le accarezzarono i fianchi, un gesto rilassante piuttosto che erotico. "Immagino che non vi abbia dato retta quando gli avete detto di smettere."

"No. All'inizio, quando tornava a casa con le tasche vuote, io e lui litigavamo. Erano discussioni terribili, durante le quali ci dicevamo cose imperdonabili. Poi, mio fratello cominciò a uscire di nascosto tutte le sere, dopo che io ero andata a letto. Io sapevo tutto, naturalmente: la mattina, lui aveva gli occhi rossi e gli abiti spiegazzati, come se ci avesse dormito dentro. Era palese, ma io non potevo fare molto per fermarlo." La voce di Helen si incrinò quando emozioni crude e dolorose la lacerarono.

Gareth non disse nulla e il suo silenzio la fece preoccupare. L'avrebbe cacciata, ora che conosceva la verità? L'uomo le prese il mento, facendole voltare il viso verso di lui. Il suo sguardo era caldo e compassionevole mentre mormorava due parole.

"Mia cara..." La baciò teneramente, con dolcezza. "Mi dispiace tanto."

Era proprio come Helen aveva pensato sarebbe stato il suo primo bacio: pieno di emozione, dove il calore era secondario. E tuttavia, c'era della passione dietro la tenerezza. Helen lo percepiva nella profondità delle labbra dell'uomo e nel calore del braccio che le circondava la vita.

Finalmente, Gareth interruppe il bacio, ma appoggiò la fronte contro la sua, tenendola vicina a sé come se non volesse separarsi da lei. "Dovremmo scendere. Mary si arrabbierà se arriveremo in ritardo a cena."

L'uomo scese per primo e le tese le braccia per invitarla a saltare. Quella richiesta di fiducia era terribilmente allettante. Lei resistette, scendendo da sola dagli ultimi rami, fino a quando non vide la sofferenza negli occhi di Gareth. Esitante, lo scrutò in viso. L'espressione dell'uomo era molto diversa da prima. Una preghiera gli brillava negli occhi e lei cedette, permettendogli di aiutarla a calarsi a terra dall'ultimo ramo.

Mary la rapì non appena lei e Gareth furono rientrati.

"Guardate in che condizioni siete, voi due! Coperti di foglie e Dio solo sa cos'altro," li rimproverò; ma Helen ebbe l'impressione di intravedere l'ombra di un sorriso sulle sue labbra.

"Ci siamo arrampicati su un albero." Gareth rivolse a Helen un sorriso complice.

"*Lo vedo,* signore," ribatté Mary. La governante staccò il braccio di Helen da quello di Gareth e la portò in camera da letto, borbottando sottovoce che gli alberi erano 'un problema dei giardinieri'. Helen si morse la lingua per non scoppiare a ridere.

"Ora diamoci una pulita e mettiamo un bel vestito da sera."

Mary la aiutò a lavarsi e a cambiarsi. Helen indossò un bell'abito da sera color bordeaux, con le maniche corte. La scollatura era molto bassa e lei continuava a tirarla su; alla fine, Mary se ne accorse.

"Lasciate stare il vestito, cara. Avete un bel fisico; esibitelo."

"Ma è spaventosamente scollato," mormorò Helen con fare scandalizzato.

Mary inarcò maliziosamente un sopracciglio.

"Certamente."

Helen avvampò, ma si rese conto che tutto ciò non aveva importanza. Andando avanti così, probabilmente non avrebbe continuato a indossare l'abito dopo il dolce. Non si era dimenticata dell'incidente nel prato, né della promessa che era rimasta nello sguardo di Gareth. Quella sera, lui l'avrebbe sedotta fino in fondo. Era inevitabile e lei non vedeva il senso di opporsi, soprattutto perché sapeva di volerlo quanto lo voleva lui. Stava rapidamente sviluppando un'assuefazione per l'estasi provocata dal tocco di Gareth.

Mary porse a Helen uno scialle dorato che ben si abbinava ai capelli chiari della giovane e la spinse in corridoio. La guardò recarsi in sala da pranzo da sola. Sapeva che Helen era una giovane innocente e che presto il suo padrone avrebbe raccolto il frutto maturo che la ragazza gli stava offrendo senza volerlo, ma non giudicò. Conosceva il padrone da quando questi era un infante nella culla e sapeva che egli aveva un cuore gentile e un'anima amabile.

Negli ultimi anni, il padrone aveva smarrito la retta via. Ma dal momento in cui Helen aveva oltrepassato la soglia di casa, egli aveva cominciato a cambiare. Mary non giocava d'azzardo, ma era pronta a scommettere che, prima che tutto fosse finito, il suo padrone si sarebbe assunto le proprie responsabilità nei confronti della ragazza. Era chiaro che si era molto affezionato a lei e che lei lo aveva già in pugno senza nemmeno rendersene conto. Chissà, forse Gareth Fairfax si stava innamorando di nuovo. Forse ci sarebbe stato un altro matrimonio, e un altro bambino che avrebbe riempito la casa. Mary emise un sospiro pensieroso, si lisciò le gonne e si incamminò verso la cucina.

༺༻

La sala da pranzo brillava alla luce del sole serale, che indorava tutto ciò che toccava. L'effetto ricordava un sogno fatato. Helen non riusciva a credere quanto fosse bella quella luce che ravvivava il tavolo e il banchetto imbandito di fronte a lei. Quell'abbondanza di cibo era sconcertante. Non ne vedeva tanto da… beh, da sempre. Dopo mesi trascorsi a tenere d'occhio le sue finanze, alla vista di tanto lusso – una quantità di cibo eccessiva per due persone – il suo sorriso vacillò.

"Non abbiamo certo bisogno di tutto questo…" Helen chiuse per un attimo gli occhi prima di riaprirli. "Non vi ho parlato della mia situazione, oggi pomeriggio, perché volessi un trattamento tanto lussuoso."

Gareth le lanciò un'occhiata seria. "Qui non sprechiamo nulla, ve lo assicuro. Ora venite a sedervi accanto a me."

L'uomo le rivolse un piccolo sorriso quando lei attraversò la stanza. Il calore delle sue mani penetrò nella sua pelle nuda quando esse le sfiorarono le spalle mentre lui la aiutava a sedersi. Nonostante la preoccupazione generata in lei da quel modo di fare tanto stranamente mite, Helen riuscì a mangiare il delizioso piatto a base di anatra che le era stato servito. Sorseggiò il vino, sapendo che berne troppo le provocava sempre emicranie terribili la mattina; ma aveva la sensazione che fortificarsi con un po' di alcol avrebbe potuto aiutarla a rilassarsi, quella sera.

Per sua gioia, il dessert prevedeva lamponi. Helen ne inforcò uno, ma quando lo sollevò, notò che Gareth la stava guardando con occhi dalle palpebre pesanti. L'uomo si era messo comodo sulla sedia; teneva pigramente in una mano il bicchiere di vino e tracciava con l'altra dei cerchi sulla tovaglia scarlatta. Come un leone pigro, egli sembrava felice di guardare la sua preda dimenarsi in preda al panico, mentre pensava a come colpire. Helen si infilò lentamente il lampone in bocca, inghiottendo a fatica quando si dimenticò di respirare.

"Ci sono modi migliori per mangiarli." La voce di Gareth era liscia come velluto e scura come la notte. Le lanciò un incantesimo, annegandola lentamente nella fitta sensualità dell'occhiata che accompagnò le parole. Il mondo attorno a loro parve scurirsi e poi svanire, lasciandoli soli nella decadente sala da pranzo. Helen sapeva fin troppo bene che le intenzioni dell'uomo non avevano nulla a che vedere col modo corretto di mangiare i lamponi. Era un gioco e lei voleva giocare.

Helen abbassò lentamente la forchetta mentre Gareth si allungava per prendere un lampone dal proprio piatto e metterselo in bocca. Helen guardò le labbra dell'uomo consumare il frutto e un forte calore si diffuse al di sotto della sua vita. Aveva sentito quelle labbra sulla pelle e non riusciva a non chiedersi come sarebbe stato averle in altre zone del corpo. Arrossì dal desiderio di fronte alle immagini che persino la sua mente innocente sembrava in grado di evocare. La bocca di Gareth sul suo seno, i denti che grattavano su un capezzolo sensibile mentre le dita di lui giocavano tra le sue gambe...

"Permettetemi..." disse lui mentre afferrava un altro lampone e glielo porgeva. Helen si sporse in avanti e le sue labbra si schiusero per prendere il frutto dalle dita dell'uomo. I polpastrelli di Gareth si soffermarono sulla sua bocca per un lungo istante prima che lei si ritraesse. Helen prese un'altra bacca e la offrì all'uomo, ansiosa di ricambiare quel gesto intimo.

Le labbra di Gareth presero il frutto, ma l'uomo le afferrò la mano prima che lei potesse ritrarla e succhiò il succo del lampone dai suoi polpastrelli. La sensazione della lingua di lui le strappò un lieve sospiro di piacere mentre il suo corpo prendeva fuoco. Gareth continuò a tenerle il polso mentre le succhiava le dita una alla volta. L'espressione mista di soddisfazione e voracità sul viso dell'uomo non fece che scaldarla ancora di più. Era come se egli adorasse il sapore del succo del frutto sulla pelle di Helen e nulla gli desse più soddisfazione che leccarglielo di dosso.

"Avvicinatevi."

Helen fece scivolare la sedia vicino a quella di lui e Gareth si sporse nella sua direzione, offrendole un altro lampone. Ma questa volta, mentre lei inghiottiva, lui abbassò la testa e la leccò sensualmente lungo il collo, per poi mordicchiarle l'orecchio. Gareth si sporse parecchio verso di lei, passandole un braccio attorno alla vita mentre la abbracciava. Le sensazioni combinate della dolcezza che le scivolava in gola e della lingua calda dell'uomo che le danzava sul collo accesero un fuoco tra le sue gambe. Una brama pesante e acuta la colpì in mezzo alle cosce, per poi salire di scatto verso l'alto. La sensazione era quasi dolorosa e lei non riuscì più a sopportarla. D'istinto, cercò di staccarsi, di riprendere un po' di autocontrollo, ma la presa dell'uomo sulla sua vita non le permetteva di muoversi. Gareth le offrì un altro lampone. Lei lo accettò quasi con avidità e, ancora una volta, l'uomo le leccò la gola, questa volta dandole un morso sotto l'orecchio. Un brivido pungente le corse lungo la schiena, come se fosse stata colpita da un fulmine. I peli sulla sua nuca e sulle sue braccia si rizzarono e lei tremò per la forza dell'eccitazione acuta. Non riusciva a respirare. L'umidità si accumulò tra le sue gambe e lei cominciò a tremare. Se Gareth lo avesse fatto di nuovo, Helen avrebbe perso la mente e il corpo.

Gareth le lasciò la mano e si alzò.

"Ci ritiriamo in salotto?"

Helen riuscì ad annuire e prese il braccio che lui le offrì. Non c'erano servitori nei corridoi quando loro li attraversarono, ma qualcuno aveva acceso un fuoco nel caminetto. C'erano due poltrone e un amorino.

Helen osservò Gareth in cerca di un indizio su dove sedersi. L'uomo prese posto sull'amorino e si tolse il gilet nero. La sua camicia bianca aderì ai suoi muscoli mentre si muoveva. Lei lo guardò, bramosa di vedere la pelle sotto la camicia e di sentire i muscoli muoversi sotto i palmi. Come sarebbe stato appoggiare le mani sulla sua carne? Toccare la fonte di tanto piacere, di tanto erotico peccato, che lei riusciva a malapena a respirare o a pensare?

Gareth la sorprese mentre lo fissava e appoggiò una mano sulla parte vuota del cuscino accanto a sé, dandovi un colpetto. Il comando tacito era chiaro. Helen sapeva che avrebbe dovuto scegliere la poltrona più vicina. Ma, dannazione a lui, voleva stargli vicino, toccarlo, farsi toccare. Era vicinissima a implorarlo di fare l'amore con lei. La voglia si rafforzava a ogni minuto che trascorreva in sua compagnia.

Helen si sedette sul bordo dell'amorino, stringendo lo scialle come se esso potesse darle forza. Come se si fosse reso conto che lei stava usando la stoffa come uno scudo, Gareth allungò una mano verso la sua spalla e avvolse le dita attorno allo scialle di seta. Glielo tolse lentamente e lei avvertì ogni centimetro di seta scivolare sulla pelle nuda della schiena. L'uomo lasciò cadere lo scialle sul pavimento, fuori portata, per poi avvicinarsi a lei di qualche centimetro e guardarla nel profondo degli occhi.

"Chiedetemelo..." mormorò.

Una delle mani di Gareth scivolò lungo la schiena di Helen, mentre l'altra si posò sul suo ginocchio e risalì lentamente lungo la gamba. Lo sguardo degli occhi marroni di Gareth era caldo come il miele, ma in essi brillava un desiderio cupo a cui lei non era in grado di resistere.

"Chiedetemelo, Helen..." insistette lui. Helen sapeva cosa voleva sentirsi dire.

"Vi prego..." mormorò, incapace di chiedere altro mentre si sporgeva a baciarlo. Le dita dell'uomo sulla sua coscia salirono verso l'alto mentre le loro labbra si incontravano. La mano dell'uomo sulla sua schiena la attirò verso di lui e le loro ginocchia si toccarono. Le labbra di Gareth accarezzarono le sue nella vaghissima eco di un bacio prima che egli si ritraesse.

"Non qui... Seguitemi." L'uomo la fece alzare dall'amorino e la portò in corridoio.

Salirono le scale insieme e Helen non riuscì a non avvertire l'inevitabilità della situazione. Quella sera, Gareth l'avrebbe posseduta nel corpo e nell'anima, e lei non avrebbe opposto resistenza. Doveva sapere quanto fosse profonda la sua passione per lui. Era un interrogativo pericoloso, ma lei aveva bisogno di risposte.

Rallentò quando oltrepassarono la sua camera da letto, ma Gareth continuò a camminare. In fondo al corridoio, l'uomo aprì la porta di un'altra camera. Doveva essere la sua. C'era un enorme letto a baldacchino, molto più grande di quello in cui dormiva Helen. La luce del sole si fece più fioca mentre il crepuscolo penetrava attraverso le vaporose tende bianche alle ampie finestre. Gareth chiuse la porta a chiave e si voltò verso di lei.

Mentre l'uomo si avvicinava, un tremito nacque nel petto di Helen e si diffuse per tutto il suo corpo. Gareth le prese le mani, tenendole per qualche istante e assorbendo il tremito prima di portarsele alla vita. Timidamente, Helen lo aiutò a sfilarsi la camicia dai pantaloni e sopra la testa. Il flettersi dei muscoli e l'ampia distesa di pelle baciata dal sole le provocarono un piccolo capogiro. Helen non era mai stata così vicina a un uomo nudo. Era nervosa ed eccitata.

Avere il controllo di Gareth mentre si spogliava la fece sentire meglio. L'uomo si portò le sue mani alle labbra, baciandole prima di appoggiarsele sul petto. Per un istante, Helen lasciò che il calore del petto di Gareth la scaldasse, sentì il battito costante del cuore di lui. Le dita dell'uomo si avvolsero attorno ai suoi polsi, tenendola vicina e ancorandola a lui. Helen trovò il coraggio e cominciò a esplorare la pelle liscia e mascolina. Dapprima, le mani di Gareth seguirono le sue, come per guidarla silenziosamente, mostrandole dove il suo tocco gli dava più piacere. Ogni volta che lei passava le dita sui suoi capezzoli piatti, sul suo collo o lungo il pendio dell'addome, le palpebre di Gareth calavano e le sue labbra si schiudevano per esalare un respiro leggermente ansimante.

Helen era così assorta nell'accarezzargli il petto e nel guardare i suoi muscoli guizzare che sentì a malapena le mani dell'uomo che le slacciavano il vestito sulla schiena, fino a quando esso non cadde a terra ai suoi piedi in un mormorio di tessuto contro la pelle. Gareth tirò con delicatezza i diversi strati della sottogonna e la liberò dalla massa di indumenti intimi.

Helen rimase in silenzio, il cuore che batteva all'impazzata, mentre lui le allentava il corsetto e anch'esso le ricadeva fino alle caviglie. Quando le rimase solo la sottoveste, Gareth le avvolse le mani attorno alla vita, la sollevò da terra e la appoggiò sul bordo del letto. Le sue mani le sfilarono le calze e le sollevarono la sottoveste, un centimetro di agonia dopo l'altro.

Helen riprese a tremare e trovò il coraggio di pronunciare il nome di lui. "Gareth..."

L'uomo si immobilizzò quando lei parlò; i suoi occhi splendenti brillavano nella penombra. "Sì?" mormorò.

"Sono nervosa..." confessò Helen mentre le mani di lui ricominciavano a muoversi, scoprendole completamente le gambe.

"Non vi farei mai del male. Come posso convincervene?" Gareth si mosse lentamente tra le sue gambe, fino a trovarsi in piedi contro il bordo del letto; i loro inguini erano vicini, ma non si toccavano.

"Baciatemi. Dimentico tutto quando mi baciate."

"Ogni vostro desiderio è un ordine per me," mormorò l'uomo, per poi affondare con la lingua nella sua bocca.

La paura di Helen recedette lentamente sotto l'assalto dei baci divoranti di Gareth. Lei non si accorse che l'uomo l'aveva spinta all'indietro e si era tolto i pantaloni. La bocca di lui non abbandonò mai la sua. Gareth si distese delicatamente sopra di lei e Helen lo circondò con le gambe, modellandosi contro di lui. I baci dell'uomo divennero febbrili e sconvolgenti, fino a quando il suo membro non cominciò a infilarsi nella sua carne umida e gonfia. Lei gli affondò le unghie nella schiena; lo spasmo di dolore la sconvolse quando qualcosa si lacerò nel profondo del suo corpo. Avrebbe voluto gridare, ma i baci di Gareth si fecero più teneri e lei si rilassò. Il dolore si attenuò e, alla fine, svanì. A rimpiazzarlo fu una tensione, una voglia disperata che Helen non aveva mai avvertito prima. Gareth doveva muoversi con più vigore, più velocemente, per alleviare il bisogno.

"Va tutto bene?" chiese l'uomo, rimanendo fermo sopra di lei.

Helen annuì a singhiozzo. "Sì. Ora fa meno male."

Si mosse sotto di lui, sollevando l'inguine, completamente lasciva e impazzita dal desiderio. La mano di Gareth le sollevò la sottoveste e gliela sfilò, interrompendo a malapena i suoi baci. I seni di Helen premettero contro il petto liscio e duro dell'uomo e un sospiro tremolante le sfuggì dalle labbra mentre egli affondava profondamente in lei. Quell'unione nell'oscurità e il brivido frenetico dei loro inguini che si incontravano e si allontanavano, il contatto delle membra e le carezze delle labbra in luoghi proibiti... era tutto così giusto.

Gareth si gonfiò dentro di lei, i suoi movimenti si fecero più bruschi, e lei gli andò incontro, bramosa di rilasciare la tensione che andava accumulandosi nel suo corpo. Vennero insieme, lo sguardo di lui fisso nel suo e la loro passione che raggiungeva il picco come un'onda possente. Gareth si rilassò dentro di lei mentre un'esplosione di calore liquido si espandeva nelle profondità del corpo di Helen. Lei lo baciò sulle labbra e sulla guancia, mormorando il suo nome più e più volte come una preghiera di mezzanotte mentre la gioia pura scuoteva tutto il suo corpo. Gareth aprì la bocca come per parlare, ma parve cambiare idea e baciarla di nuovo. Una volta ripresa forza, si sollevò da lei, ma poi la attirò a sé, cullandola tra le braccia. Ma persino col corpo caldo dell'uomo premuto contro il suo, Helen rabbrividì.

"Vi fa male?" Gareth le accarezzò il braccio, facendo scorrere i polpastrelli fino a un seno. La pelle di Helen bruciò mentre lui accarezzava la morbida curva di un fianco e posava la mano sulla sua coscia.

"No... ho solo un po' di freddo," mormorò di rimando lei.

Gareth ridacchiò e si allontanò, rimettendo le coperte sul letto in modo che loro potessero infilarsi tra le lenzuola. "Meglio?"

"Molto meglio." Helen si voltò su un fianco per averlo di fronte. Gareth era una sagoma scura sullo sfondo delle finestre alle sue spalle, da cui filtrava la luce della luna. Le scostò una ciocca di capelli dal viso, percorrendole col pollice il labbro inferiore. Helen si sentiva al sicuro, felice... Nulla al mondo poteva farle del male fintantoché lui la toccava, la teneva stretta. Si addormentò sotto l'abbraccio protettivo dell'uomo.

※

Gareth guardò le palpebre di Helen chiudersi e ascoltò il suo respiro lieve e costante mentre la donna si addormentava. Era così fiduciosa: gli aveva dato la sua verginità, pur sapendo che essa sarebbe dovuta andare all'uomo che l'avrebbe sposata. Era un dono, che lui giurò di conservare preziosamente. Le passò una mano lungo i fianchi pieni, un punto perfetto per la sua presa. Era incredibile avere una donna tra le braccia, non una donna qualsiasi, ma Helen. C'era qualcosa di irresistibile in lei, che continuava ad attirarlo come una falena verso la fiamma.

Finalmente aveva trovato la felicità che gli era stata sottratta. Dopo anni trascorsi a cercare nei posti sbagliati, era bastata una notte con Helen per purificargli il cuore. Nei piccoli sospiri di lei, nei suoi brividi e nei suoi baci, Gareth era rinato. Gli tornò alla mente il tempo che aveva trascorso con Clarissa. Il loro era stato un matrimonio d'amore, un amore potente. Da bambini avevano giocato e riso, da amanti avevano litigato, e infine si erano uniti come marito e moglie.

Con l'eccezione del suo miglior amico, Ambrose Worthing, Gareth non aveva mai conosciuto nessuno di cui si fosse fidato al punto da volergli bene. Ma con Helen, lui avvertiva la gioia inebriante della passione agli albori e sapeva che sarebbe stato fin troppo facile, per essa, rafforzarsi fino a diventare un amore profondo. Era pericoloso provare sentimenti tanto forti per Helen, ma era anche impossibile negare la loro esistenza.

Poteva sposarla? L'aveva creduto impossibile, eppure l'aveva rovinata, pur sapendo che non avrebbe dovuto toccarla o baciarla. Si era preso tutto ciò che le era stato possibile dargli e voleva ancora di più. Cominciò a sorridere all'idea del matrimonio, ma poi il suo sorriso avvizzì. Lui non meritava Helen. Quella donna avrebbe dovuto essere corteggiata come si conveniva, da un bel giovanotto che avrebbe dedicato sonetti ai suoi occhi azzurri come fiordalisi e al campanello squillante che era la sua risata.

Cosa poteva offrirle lui? Una casa vuota, una vita sprecata e un marito che aveva paura di amare? Spesso, le donne credevano di amare il primo uomo che mostrava loro la passione, ma c'era la possibilità che Helen non amasse lui. Sarebbe potuta arrivare ad amarlo, col tempo? Se lui l'avesse convinta a sposarlo? Sarebbe bastato? Se si fossero sposati, la loro unione sarebbe riuscita a sopravvivere al fatto di essere nata come una spietata transazione? La virtù di Helen per l'onore di Gareth?

4

Helen si svegliò al suono di una pioggerella che batteva contro le finestre. Il letto era freddo e vuoto accanto a lei. Rabbrividì, stringendosi le coperte attorno al corpo nudo. Se solo Gareth fosse tornato, in modo da consentirle di avvolgersi attorno al suo corpo caldo e duro. Helen era profondamente indolenzita dalla notte prima, ma voleva comunque toccare l'uomo, condividere ancora con lui la familiarità del suo corpo, come era caratteristico dell'intimità tra due amanti. Un'ondata di calore la invase al ricordo di ciò che le aveva fatto Gareth, di ciò che lei aveva voluto farsi fare.

E ora che Helen aveva ceduto, il letto era vuoto. L'uomo aveva già perso interesse in lei. Si morse un labbro e le lacrime si accumularono nei suoi occhi. Com'era possibile che fosse passata dal piangere per essersi ritrovata bloccata lì al farlo al pensiero di doversene andare? Gli uomini erano un disastro per il pensiero delle donne. Helen avrebbe dovuto evitarli, in futuro, se avesse voluto pensare logicamente.

Mentre lei si faceva forza e cercava di decidere il da farsi, la porta della camera da letto si aprì. Entrò Gareth, completamente vestito, portando un vassoio di tè e scone. Sembrava proprio il classico gentiluomo di campagna in un momento di rilassatezza. Il cupo libertino della sera prima era svanito; al suo posto c'era un uomo più adatto a essere felice. Le rughe di cupezza sul suo volto si erano tramutate in rughe di gioia. Era felice di liberarsi di lei? Era contento, ora che si era divertito e poteva darle il benservito? Una parte di Helen trovava sciocca quella reazione di panico, ma lei non riusciva a trattenersi. Si era concessa a quell'uomo e ora non sapeva in cosa consistesse il loro rapporto. Cosa avrebbero fatto, da lì in avanti? Gareth vide che lei lo stava guardando e posò il vassoio per accorrere al suo fianco.

"Cosa c'è che non va, mia cara?" L'uomo le circondò il volto con le mani e le asciugò le lacrime.

Le stava offrendo conforto e dolcezza, tutte quelle cose che lei, fino a pochi istanti prima, lo aveva creduto incapace di dare. Helen era davvero una sciocca.

Cercò di sorridere, guardandolo attraverso le ciglia coperte di lacrime. "Pensavo... ah, non importa."

"Vi ho portato la colazione." Gareth andò a prendere il vassoio e la raggiunse a letto.

Dapprima, Helen era convinta di stare troppo male per mangiare, ma poi le tornò appetito e si mise a piluccare uno scone all'uvetta. L'uomo non l'aveva abbandonata. Anche se lei non era disposta ad ammettere la ragione per cui il pensiero che lui se ne fosse andato le aveva fatto male.

"Va tutto bene, Helen? Voi... soffrite molto?"

Nessuno l'aveva mai guardata in quel modo, come se lei fosse stata tutto e null'altro fosse esistito. Quello sguardo fece sì che il calore nato nel suo petto si diffondesse e si intensificasse, cancellando il gelo che aveva provato quando si era svegliata da sola nel letto di Gareth.

"Soffro ancora un poco," disse, stupita dal fatto di riuscire a essere così franca riguardo a una faccenda tanto imbarazzante. Ma dopo la sera prima, lui la conosceva come non l'aveva mai conosciuta nessun altro uomo. A quel punto, nascondere qualcosa sembrava sciocco.

CAPITOLO 4

"Dovrebbe passare. La prossima volta vi farà meno male," promise Gareth.

Helen arrossì all'idea che ci sarebbe stata una prossima volta. In segreto, era lieta di saperlo. Dunque, Gareth non l'avrebbe mandata via tanto presto. Il suo sguardo danzò sul corpo dell'uomo... il modo in cui i suoi pantaloni aderivano alle cosce muscolose e la sua giacca color argento, ricamata con un motivo a fiori di cardo, le fecero brillare gli occhi. Gareth era il genere d'uomo che le donne volevano sempre, a letto e al loro fianco. Bello al punto da far palpitare il cuore di una donna e ammaliante al punto da rubarle il fiato. Nonostante l'indolenzimento, Helen sarebbe stata lieta di tornare a letto con lui e spiegazzare ulteriormente le lenzuola.

Gareth parve leggerle nel pensiero e ammiccò. "Vi lascio mangiare. Devo scrivere alcune lettere. Quando vi sentirete meglio... beh... troveremo qualcosa da fare." Le rivolse un sorriso da canaglia, le baciò la fronte e la lasciò da sola nel suo grande letto vuoto.

※

Gareth si mise comodo sulla sedia e guardò Ambrose camminare in cerchio di fronte a lui. Dopo aver lasciato Helen, si era messo a sbrigare la corrispondenza e Mary era venuta a cercarlo, dicendogli che Ambrose era arrivato. Il suo amico stava ora tracciando un solco sul tappeto di fronte alla scrivania.

"Cosa c'è, Ambrose? Spero che quel tale Bennett stia bene. Non l'ho colpito troppo duramente."

La mano di Ambrose si serrò e si riaprì, un tic che Gareth conosceva fin dai tempi della loro gioventù. Ambrose era turbato.

"Il signor Bennet sta bene; ha qualche brutto livido, ma sta bene. È la signorina Banks a preoccuparmi. Sono appena riuscito a rintracciare suo fratello."

Lo stomaco di Gareth gli precipitò sotto le scarpe. "Non gli avrai detto dove trovare Helen, vero?" Lei non poteva andarsene, non ora; lui non era pronto.

"No, non sono così sciocco. E poi, lui non mi conosce nemmeno. Era diretto all'alloggio di Bennett, nella speranza di trovarlo. Non dubito che Bennett gli dirà tutto. Devi prepararti. Banks ti ucciderà, oppure esigerà che tu sposi sua sorella."

"E se io la sposassi?" rispose Gareth.

Ambrose rise cupamente. "Andiamo, Gareth. Sappiamo entrambi che hai giurato di non sposarti mai più. Non esiste donna paragonabile a Clarissa. Lei era l'altra metà di te."

Anni prima, Gareth sarebbe stato d'accordo con Ambrose; ma ora che aveva conosciuto Helen, sapeva che una vita felice in compagnia di una persona che non fosse Clarissa era possibile. La salvezza era a portata di mano... anzi, si trovava nel suo letto proprio in quel momento. Un'immagine mentale a cui era troppo difficile resistere. Gareth sorrise.

"Perché sorridi?" volle sapere Ambrose.

"Immagino perché sono felice," ammise lui, continuando a sorridere.

Il suo amico smise di camminare e incrociò le braccia, fulminandolo con lo sguardo. "So che il matrimonio sarebbe la scelta giusta. Ma, Gareth, tu non puoi sposarla. La signorina Banks merita un uomo..."

"Migliore?"

Ambrose rise. "Stavo per dire 'meno cinico'."

"Credi che io non possa dare a Helen ciò di cui ha bisogno?"

L'amico di Gareth, con aria turbata, si appoggiò con un gomito alla parete di fronte alla scrivania. "Credo che sia trascorso parecchio tempo dall'ultima volta in cui uno di noi si è trovato nella posizione di offrire a una donna ciò di cui lei ha bisogno, piacere fisico a parte."

"Io posso offrirle una casa, cibo, vestiti... È più di quanto lei possa procurarsi in questo momento. Suo fratello ha perso il denaro che restava loro. Io l'ho compromessa e lei non riuscirà mai a trovare lavoro come istitutrice. È il minimo che io possa fare; ma, soprattutto, io *voglio* sposarla."

"Che tu lo voglia o meno, non puoi farlo. La signorina Banks merita un ragazzo giovane, che la adori e che le porti dei fiori tutti i giorni. Non uno come noi. Non siamo fatti per il matrimonio."

Il cuore di Gareth sembrò sfuggirgli dal petto. Voleva dare a Helen più del semplice piacere. Voleva prendersi cura di lei, proteggerla come non era riuscito a fare suo fratello. Ma Helen meritava di meglio. Gli ultimi sette anni della vita di Gareth erano stati assolutamente orribili. La colpa era sua, naturalmente. Aveva scelto la strada del degrado. Poteva far entrare Helen in quella vita, con la sua reputazione di giocatore d'azzardo e, ora, di duellante? Cosa avrebbe potuto offrirle, se non un uomo reso cinico dalla vita e incapace di amare?

"Come sempre, Ambrose, hai ragione. Non posso sposarla."

Dopo colazione, Helen tornò in camera sua e fece il bagno in una piccola vasca. Si lavò con cura, badando a essere delicata con certe parti del corpo. Ma l'indolenzimento era il benvenuto, così come il cambiamento che avvertiva nel profondo di sé. Ora era in possesso di una comprensione segreta di se stessa come donna e dei misteri che il suo corpo celava quando si trovava tra le braccia di un uomo. Ma c'era qualcosa d'altro... un profondo senso di completezza che lei non aveva mai provato prima, come l'essere amata... Era amata da Gareth? Sorridendo, si recò al letto, dove era steso un abito estivo di un verde brillante, con nastri dorati sulle maniche e sull'orlo. Mary la aiutò a vestirsi.

"Dov'è il signor Fairfax?" chiese Helen.

Il viso di Mary si incupì e le sue labbra si strinsero in una linea sottile. "È nel suo studio, in fondo al corridoio e dopo la biblioteca." Il suo tono di voce rimescolò in maniera sgradevole lo stomaco di Helen.

"Posso vederlo?" chiese a bassa voce lei.

"Suppongo di sì. Non mi ha dato istruzioni di non disturbarlo."

"Grazie, Mary." Helen baciò delicatamente la guancia della governante e uscì di corsa dalla sua stanza. Oltrepassò l'alto orologio a pendola in corridoio mentre si incamminava verso lo studio di Gareth. Era quasi mezzogiorno. Le sue pantofole non produssero alcun rumore sul pavimento di legno mentre si avvicinava alla porta aperta dello studio. Un paio di voci mascoline la raggiunsero. Helen percorse furtivamente il corridoio e si appoggiò alla parete accanto alla porta, origliando.

"Come sempre, Ambrose, hai ragione. Non posso sposarla." Gareth emise un sospiro pesante.

"Sapevo che avresti capito. Beh, io devo tornare a Bath, ma tu vieni a cercarmi quando avrai restituito la signorina Banks a suo fratello."

Helen si allontanò rapidamente dalla porta e andò a nascondersi dietro l'angolo, evitando il signor Worthing mentre questi le passava accanto. Quando l'uomo se ne fu andato, lei esalò lentamente il fiato; il suo corpo tremava mentre assimilava la gravità delle parole di Gareth. Stava per mandarla a casa. Non la voleva lì. Beh, se intendeva trattarla in quel modo, lei non voleva restare. Raddrizzò le spalle ed entrò nello studio.

Gareth era seduto alla sua scrivania quando lei entrò. Sollevò lo sguardo per un istante; la sua espressione si intenerì per un momento, prima di farsi fredda e ostile.

"Ahh, signorina Banks. Sono felice di vedervi." Il suo tono di voce e il suo atteggiamento erano completamente sbagliati. Non l'aveva chiamata *Helen*. Un macigno toccò il fondo del suo stomaco, con un'eco dura e dolorosa. Helen si portò una mano all'addome quando un'ondata di nausea la colpì come qualcosa di fisico. La freddezza di Gareth era più tagliente e crudele di qualunque altra cosa lei avrebbe potuto immaginare. Lei avrebbe voluto chiamarlo per nome, ricordargli ciò che avevano condiviso. Ma sapeva che non sarebbe servito a nulla.

"La mia carrozza vi riporterà a casa vostra domani mattina.

Parlerò con Mary; penserà lei a far sì che i vostri vestiti nuovi e le altre cose tornino a Bath con voi."

Il mondo cominciò a perdere definizione ai bordi del suo campo visivo e un fischio acuto le tappò le orecchie. Non era mai stata una donna svenevole, ma in quel momento si sentiva pericolosamente vicina a perdere i sensi. Già sapeva cosa egli stava per fare, ma sentirglielo dire le provocava un dolore più grande che mai. Helen barcollò fino a una poltrona vicina e vi si lasciò cadere. Gareth fece per raggiungerla, ma lei lo fermò con un gesto.

"Non disturbatevi, prego." Riuscì a trarre qualche respiro lento e profondo e riprese il controllo di sé. Non poteva essere peggio del duello... ma lo era, perché la morte, almeno, avrebbe posto fine alla paura. Ora, il panico e la sofferenza si sarebbero tramutati in una disperazione profonda, una volta che lui l'avesse mandata via. Helen non seppe mai quanto tempo trascorse stravaccata su quella poltrona prima di trovare le forze per muoversi. Si alzò e guardò l'uomo negli occhi. Sì, Gareth ci aveva visto decisamente giusto quando aveva detto che l'amore era dolore. Ora lei capiva. Amare significava soffrire.

"Vi ringrazio, signore, per la vostra gentilezza. Ma non vi causerò ulteriore fastidio. Non porterò via da questa casa nulla che non abbia portato con me. Il nostro accordo prevedeva l'annullamento del debito di mio fratello. Mi pare di capire che, dopo ieri notte, voi riteniate che io abbia pagato fino in fondo." Helen avrebbe voluto chiedere che Gareth facesse preparare subito la carrozza. Avrebbe voluto urlare, strillare, ma il suo cuore si stava spezzando. Riusciva quasi a sentirlo rompersi, come vetro contro la pietra.

Lo amava. *Amava Gareth Fairfax.* Quel duellante dal cuore di ghiaccio l'aveva sedotta. Helen aveva perso la verginità, il cuore e la speranza in un solo giorno di prigionia in quel paradiso. Prima se ne sarebbe andata, meglio sarebbe stato. Il tempo sarebbe stato l'unico rimedio a sua disposizione per guarire e, con un senso d'angoscia, lei ebbe paura che non sarebbe bastato.

Il fuoco lampeggiò negli occhi di Gareth. "Insisto che prendiate i vestiti. A me non servirebbero a nulla."

La vergogna lacerò Helen a quelle parole. Scattò. "Ah no?" Che li desse pure alla sua prossima donna. Lei non avrebbe sopportato di sentire la seta sulla pelle e pensare a lui. No, meglio non toccare mai più quei vestiti.

"Cosa volete insinuare, Helen?" Il suo nome sulle labbra di Gareth non fece che soffiare sul fuoco della sua rabbia. *Ora* la chiamava per nome? Le sue mani si chiusero a pugno mentre lottava per controllare l'ira improvvisa. Che la mordeva come un cane feroce.

"Credo che sappiate esattamente cosa voglio insinuare," ribatté lei.

Il volto dell'uomo stava arrossendo per la rabbia. "So che avete bisogno di più vestiti e voglio che ve li prendiate!" ruggì.

"Come osate compatirmi? Come osate!" gridò Helen, la voce resa tagliente dal dolore e dalla rabbia. Tutto il suo corpo tremava per la furia.

"Compatirvi?" L'uomo la raggiunse a grandi passi. La sua espressione era feroce, ma nel suo sguardo balenava la confusione.

"Cos'altro potrebbe essere, se non compassione? Voi avete rubato l'unica cosa che mi restava: la dignità. Nessun uomo mi toccherà, ora. Mi avete rovinata." Helen sapeva di essere velenosa, dura e crudele, ma doveva proteggere se stessa. Se c'era una cosa che aveva imparato negli ultimi mesi, era che nessun altro si sarebbe preso cura di lei, oltre a lei stessa.

Gareth fece per afferrarla, ma lei indietreggiò con un balzo e fuggì dalla stanza. Le lacrime le sfocarono la vista mentre correva lungo il corridoio e usciva in giardino. Inciampò in un basso cespuglio di rose, ma ritrovò l'equilibrio in tempo e corse fino alla porta del giardino. La pioggia le batteva sulla pelle, fredda e pesante, e cominciava a inzupparle i vestiti. In alto, i cieli erano grevi di pioggia. Le nuvole blu scuro, cupe e minacciose, riflettevano pienamente la sua anima devastata. Il cuore di Helen le tuonava nel petto, come se stesse cercando invano di fuggire dalla disperazione schiacciante del suo corpo mentre lei si faceva freneticamente largo attraverso l'arcata. Ancora una volta, fu colta dall'incantesimo momentaneo del lasciare il mondo di Gareth per entrare nella terra selvaggia e incontaminata retrostante. Un tuono lontano proveniente dal cielo annunciò un peggioramento del temporale, ma a lei non importava.

Che piova a catinelle; posso pure annegare. Non mi importa più... Era stato un colpo devastante, per lei, rendersi conto che la ragione per cui respirava non esisteva più. Come ci si poteva riprendere da un tale sconvolgimento del cuore e dell'anima? L'acqua fredda era come ghiaccio sulla pelle e un brivido la percorse mentre si costringeva a continuare a muoversi.

"Helen!" Gareth era sulla porta di casa e la stava chiamando.

Helen entrò di corsa nel prato. L'abito le faceva sempre più da zavorra, man mano che l'orlo assorbiva acqua dall'erba alta. Gli spessi fili d'erba la frustavano e la pungevano attraverso l'abito fradicio che le si appiccicava agli stinchi. Helen si fermò per un istante solo, per orientarsi. Le dolci colline erano di un marrone-dorato pallido a causa della pioggia battente e le nubi grigio scuro erano basse nel cielo.

"Helen, aspettate!" gridò nuovamente Gareth. Si era avvicinato, ma lei non si voltò a guardare.

Cominciò a correre, sollevando la gonna sopra le ginocchia mentre attraversava l'erba. Il tuono rombò e la terra vibrò per la sua furia. Era a metà del prato quando Gareth la raggiunse. L'uomo si allungò, la afferrò con un'angolazione sbagliata, ed entrambi caddero. Gareth rotolò e assorbì la maggior parte dell'impatto mentre cadevano, prima di muoversi e bloccarla sotto di sé. Helen era in trappola, le braccia e le gambe di lui che la bloccavano. Il volto dell'uomo era cupo per la furia, i suoi occhi marroni velati di disperazione.

"Lasciatemi andare!" Helen cercò di colpirlo.

"No." Il tono di voce di Gareth era duro, velato di disperazione.

Helen avvertì il suo membro eretto contro il tessuto bagnato dell'abito e, nonostante la rabbia, lo desiderò. Liberò un braccio e cercò di colpire nuovamente Gareth; lui le afferrò il polso e glielo intrappolò lungo il fianco. L'erba fredda e umida si spostò sotto di lei mentre Gareth si muoveva, mettendosi completamente sopra di lei. La mano libera dell'uomo si infilò sotto il suo abito, sollevandolo. Helen si contorse e cercò di scalciare, ma le ginocchia di lui la costrinsero ad aprire le gambe.

"Non osate!" Helen artigliò il petto dell'uomo, ma questi non sembrava intenzionato a fermarsi. La sua bocca cercò quella di lei, ma Helen voltò la testa in un gesto di ribellione. Se Gareth l'avesse baciata, lei avrebbe ceduto e avrebbe fatto l'amore con lui. Le labbra dell'uomo scesero sul suo collo, brusche e calde mentre lui le succhiava la pelle. Helen sentì le sue mani sollevarle la sottogonna.

"Ditemi che non volete e io smetterò," ringhiò l'uomo.

"Io..." Helen vacillò; lo voleva, non importava quanto fosse furiosa con lui.

Gareth sfregò l'inguine contro il suo e, con una mano, si allentò i pantaloni.

"Forza, Helen. Ditemi cosa volete davvero," mormorò con tono sensuale Gareth, liberandole i polsi.

Helen si morse il labbro con tanta forza da far uscire il sangue; poi prese a strappare i vestiti di dosso a Gareth, disperatamente bisognosa di avvicinarsi a lui, di sentire la sua pelle calda contro la propria carne infreddolita.

"Voi. Voglio voi," disse a denti stretti.

Gareth non attese un altro istante: la penetrò, prendendola, rivendicandola, e lei si crogiolò nel tormento mescolato al suo desiderio vorace.

Helen inarcò la schiena, prendendolo più a fondo con un gemito roco, incapace di contenersi. Gli occhi le bruciavano per le lacrime mentre si opponeva ai propri sentimenti nei confronti dell'uomo. Come poteva bramare di stare con lui quando, per Gareth, lei non avrebbe significato altro che quello? Eppure, era decisa a godersi gli ultimi momenti con lui, a sentirsi viva per l'ultima volta, come sapeva non si sarebbe sentita mai più.

La pioggia cadeva sempre più intensa e il cielo tonante riecheggiava il modo selvaggio in cui Gareth stava prendendo possesso di lei. Mentre il corpo di Helen tremava in risposta all'uomo, lei smise di curarsi del fatto che egli la stesse usando. Al posto suo, avrebbe fatto lo stesso. Voltò la testa, gli afferrò il mento con la mano libera e attirò la bocca di Gareth sulla sua. Gareth grugnì contro le sue labbra, cambiando posizione mentre affondava ancora più violentemente in lei. I loro corpi si mossero assieme in una sinfonia convulsa di sospiri, membra che scivolavano e parole di incoraggiamento mormorate. Una delle mani di Gareth scivolò lungo la coscia nuda di Helen, lubrificata dalla pioggia. Le dita dell'uomo le affondarono nella carne mentre questi si stringeva la gamba al fianco. I loro respiri affannosi e i rumori di quella cupola brusca si mescolarono mentre godevano.

※

Gareth gemette ad alta voce mentre veniva dentro Helen. La giovane continuò a muoversi sotto di lui, prendendosi il proprio piacere per un istante in più prima che il suo corpo fremesse come quello di Gareth. Lui la tenne intrappolata sotto di sé. Non sarebbe fuggita di nuovo, non ancora. La testa di Helen ricadde sull'erba, le ciocche umide dei capelli dorati si riversarono attorno a lei. I suoi seni si alzavano e si abbassavano al ritmo del suo respiro affannoso. Gareth vide i due allettanti rigonfiamenti sotto l'abito bagnato e per poco non venne per la seconda volta. Avrebbe voluto vederli come li aveva visti la notte prima. Si sollevò lentamente, ma rimase dentro di lei fino in fondo.

Ebbe un guizzo di senso di colpa. Non avrebbe dovuto farlo... non così presto e non dopo aver deciso di mandarla via. Alla fine, si costrinse a uscire, rotolando sull'erba accanto a Helen mentre si sistemava i pantaloni. Le gambe lattee della donna tremavano e le sue membra nude erano coperte di gocce di pioggia. Alcuni piccoli graffi le segnavano una caviglia.

"Siete ferita," mormorò Gareth, allungando una mano verso la caviglia in questione. Avrebbe voluto mettersi Helen in grembo e riportarla al sicuro nel suo letto, dove avrebbe potuto curarle i graffi.

"Va tutto bene." La donna si divincolò dalla sua presa, rifiutando di guardare nella sua direzione.

Gareth la guardò mentre cercava di sistemarsi la sottogonna lacera e di abbassare il vestito. Helen si mise seduta; tutto il suo corpo vibrava, mentre il suo sguardo era fisso dritto di fronte a lei, verso le dolci colline in lontananza.

La donna si asciugò le lacrime e la pioggia dalle guance. Il suo viso, prima così aperto e facile da leggere, si chiuse come la saracinesca di un castello il cui ferro pesante affondava nel suolo, chiudendo Gareth fuori per sempre. La passione che avevano ritrovato stava scivolando via e lui non poteva fare nulla per impedirlo. Stava perdendo Helen – la stava perdendo davvero – e questo lo terrorizzava. Dio gli aveva portato via Clarissa. Ma Helen se ne stava andando perché lui era un dannato vigliacco e uno stolto.

Senza guardarlo, Helen si alzò, barcollando per un istante prima di parlare.

"Me ne andrò non appena Mary avrà fatto preparare la carrozza. Non cercate di fermarmi." Le sue ultime parole furono fredde e dure. Gareth non voleva sapere dove avesse trovato dentro sé una tale freddezza. Non l'aveva ritenuta capace di tanto. Forse era tutta colpa del modo in cui lui l'aveva trattata: come una mercenaria. Mandandola via, facendo ciò che era meglio per lei, l'aveva resa fredda, proprio come se stesso. Il pensiero gli lasciò un sapore amaro in bocca.

Non le rispose. Lasciò che Helen si allontanasse, ma il suo sguardo la seguì affamato, memorizzando disperatamente le curve dei suoi seni e dei fianchi, così nettamente delineati dall'abito fradicio. Chinò la testa mentre si costringeva a pensare ad altro per alleviare la sofferenza del suo cuore infranto e il rinnovato desiderio nel suo inguine. Non c'era tortura più crudele dell'amare e desiderare una donna che non poteva avere. Non osò alzarsi fino a quando lei non fu svanita alla vista e tornata al sicuro nel giardino, in modo da non essere tentato di fare di nuovo l'amore con lei. Tornato in casa, non vide servitori, se non Mary. Non appena entrò per sfuggire alla pioggia, se la ritrovò di fronte, a fulminarlo con lo sguardo.

"Non guardarmi in quel modo," ringhiò Gareth.

Lei continuò a guardarlo storto; l'espressione dei suoi occhi grigi era come una raffica di pugnali. "C'è un gentiluomo, in salotto. Desidera parlarvi."

"Un gentiluomo? E chi sarebbe?"

"Non ha voluto dirmi il suo nome, ma lui e la signorina Banks sono due gocce d'acqua," dichiarò Mary.

Lo stomaco di Gareth si serrò per il fastidio. Ma certo. Martin Banks doveva scegliere proprio quel momento per presentarsi a salvare Helen.

"Vado subito da lui. Ti ringrazio, Mary," ringhiò Gareth, lasciando la governante sulla soglia, senza dubbio a guardare accigliata la sua schiena. Non si prese la briga di indossare abiti asciutti: era troppo stanco e frustrato per curarsi del suo aspetto. Fece irruzione in salotto, mandando la porta a schiantarsi fragorosamente contro il muro.

"Banks?" esclamò. Voleva darci un taglio, frapporre tempo e distanza tra se stesso e quella situazione orribile. Ma la stanza sembrava vuota. Gareth si voltò e si ritrovò faccia a faccia col fratello gemello di Helen, che gli puntava al petto una pistola pronta a sparare.

Gareth non ebbe paura. Che Martin premesse il grilletto o meno, lui era già morto dentro di sé. Perdere Helen lo aveva distrutto.

"Dov'è mia sorella?" Martin, un uomo che Gareth avrebbe potuto giurare non si curasse minimamente di Helen, aveva ora un'espressione di determinazione eroica sul viso. Gareth vide che i suoi occhi erano identici a quelli di Helen, il naso e le labbra molto simili, ma più mascolini, in confronto con quelli delicati e femminili della sorella. Quei due erano proprio, come aveva detto Mary, 'due gocce d'acqua'. Sarebbe stato difficile trattare con quell'uomo quando Gareth riconosceva Helen in ogni suo lineamento.

"Dov'è, Fairfax? So che si trova qui." Il dito di Martin si contrasse leggermente sul grilletto.

"Probabilmente è in camera sua, a fare i bagagli. Sta per andarsene."

"Questo è poco, ma sicuro." Martin spinse Gareth su una delle poltrone dallo schienale alto e si chinò sopra di lui. "Dovrei spedirvi all'inferno per quello che le avete fatto." La sua voce era bassa, ma grondava odio. "Avete compromesso mia sorella. Avrebbe dovuto avere la possibilità di contrarre un buon matrimonio o trovare un lavoro da istitutrice. Ma no! Voi vi siete approfittato di una donna dolce e amorevole, la cui unica debolezza era avere un cuore buono. Siete un maledetto bastardo e la pagherete con la vita." L'uomo premette la bocca della pistola contro il petto di Gareth, la mano che tremava leggermente per la rabbia.

"E voi, codardo che non siete altro? Vostra sorella ha duellato al vostro posto ed è persino riuscita a ferirmi superficialmente al braccio. Siete fortunato che si sia scoperta prima che io decidessi di sparare a mia volta. Devo aggiungere che il modo in cui vi siete preso cura di lei è stato pessimo?"

"Cosa diavolo volete dire?" esclamò ferocemente Martin.

Gareth diede fuoco alle polveri, irradiando rabbia.

"Quando ho portato qui quella ragazza, è divenuto subito chiaro che era malnutrita e che non possedeva vestiti adeguati. Con orrore, ho scoperto che si privava del cibo per sfamare voi e che entrambi riuscivate a malapena a sopravvivere. Era vostro dovere prendervi cura di lei. La famiglia dovrebbe avere un minimo di importanza per voi." L'aggressione verbale di Gareth ebbe un effetto stupefacente. Martin abbassò la pistola di un centimetro mentre assimilava le sue parole.

"Mio dovere?" rispose in tono sospettoso.

"Ho compromesso vostra sorella. Ho intenzione di correggere la situazione, per quanto posso. Voglio che rimanga al sicuro e ben curata. Se credessi di meritarla, la sposerei; ma non la merito. È troppo buona per me. Ma che mi venga un colpo se non farò in modo che non debba mai più patire la fame o gli stenti." Gareth era sincero fino a ogni violento battito del suo cuore e ogni respiro affannoso mentre riduceva il fratello di Helen a più miti consigli.

"Helen non ha bisogno di voi."

Lo sguardo di Gareth si inferocì. "Forse non ha bisogno di me, ma di sicuro non ha bisogno nemmeno di voi. Le state facendo patire la fame e la state riducendo in miseria col vostro giocare d'azzardo. Se lei me lo permetterà, potrò darle la vita che una donna come lei meriterebbe."

"Helen non vi sposerà. Sposerebbe solo un uomo che la ami." Martin non battè ciglio di fronte allo sguardo minaccioso di Gareth.

"La amo al punto che perderla mi farà impazzire, ma so che non mi vuole. Ho distrutto il suo futuro e farò il possibile per rimediare. Le alternative siamo io e lo zitellaggio, e considerato il vostro vizio del gioco, probabilmente vostra sorella morirebbe di fame nel giro di due settimane, se la lasciassi con voi."

Prima che uno dei due potesse aggiungere altro, Helen si materializzò tra di loro. L'espressione di sofferenza e tradimento nei suoi occhi gelò il sangue nelle vene di Gareth. La vergogna gli fece avvampare il viso e, per un breve istante, lui distolse lo sguardo.

"Helen..." esordì; ma le parole gli morirono in bocca quando la vide. Un vortice dolorosissimo di emozioni fosche roteava sul viso della donna. Il terrore lo paralizzò. Lei aveva sentito ciò che Gareth aveva detto: che era caduta in disgrazia e che suo fratello non poteva prendersi cura di lei. Quell'imbecille non era riuscito nemmeno ad affrontare in maniera decente la vergogna di sua sorella. I gemelli Banks erano un disastro, se lasciati a prendersi cura di loro stessi da soli.

Helen costrinse suo fratello ad abbassare la pistola. "Martin, andiamo. *Subito*." La sua voce era diversa, più dura. Suo fratello non fece obiezioni; si lasciò portare via da Gareth, che non accennò a seguirli. Rimase sulla sua poltrona, ascoltando il rombo del tuono proveniente tanto dal cielo quanto dalla sua anima.

5

Helen e suo fratello percorrevano a cavallo il viale fangoso in direzione opposta rispetto alla casa di Gareth. I cavalli sollevavano grandi spruzzi d'acqua e, per molto tempo, gli unici suoni furono lo sguazzare degli animali e il battere della pioggia.

Helen aveva indossato nuovamente i vestiti che aveva rubato a suo fratello, volendo portare via con sé solo ciò con cui era arrivata. Non aveva alcun bisogno della carità di Gareth. Mary aveva insistito perché loro prendessero un paio dei cavalli di Gareth, dando poi istruzioni su come restituirli una volta raggiunta Bath.

"Come hai fatto a trovarmi, Martin?"

Suo fratello arrossì come in preda all'imbarazzo. "Dopo aver fatto scassinare la serratura della porta alla domestica, ho scoperto che i miei pantaloni e il mio soprabito erano spariti. Stavo per cedere al panico, quando ho ricevuto un biglietto da parte di Rodney Bennett. Sono andato subito da lui, che mi ha raccontato tutto riguardo al duello. Sembrerebbe che si senta responsabile per averti lasciata cadere tra le grinfie di Fairfax. La parte difficile è stata trovare la casa. Ho dovuto percorrere la seconda metà del tragitto a piedi, dopo che un contadino mi ha dato un passaggio sul suo carretto."

Helen tacque a lungo, limitandosi a cavalcare in silenzio. Non voleva pensare a Martin o a cosa avrebbero fatto una volta tornati a Bath. Tutto ciò a cui riusciva a pensare era Gareth: il suo sorriso, il suo tocco, la dolcezza con cui la baciava e la passione con cui le dimostrava quanto potessero avvicinarsi un uomo e una donna. L'unione dei corpi e delle anime, quando il tempo sembrava rallentare e nulla era più forte dei respiri condivisi e degli sguardi fissi l'uno nell'altro. Era un momento sacro, un'unione miracolosa tra i cuori degli amanti, che non poteva essere dissolta. Non importava quali parole dure si potessero pronunciare o quali atti crudeli si potessero compiere: quell'unione congiungeva per sempre due persone, che non potevano sfuggirvi. Per lei non era diverso.

Martin tirò le redini del suo cavallo, avvicinandolo al suo. "Helen... ciò che ha detto Fairfax è vero?"

"Cosa?" Helen cercò di concentrarsi su suo fratello.

"Riguardo al cibo... e ai vestiti." La bocca di Martin si serrò in una linea cupa.

Helen era stanca di fingere che tutto andasse bene, che la vita fosse bella. Le scelte di Martin le erano costate troppo.

"Sì, è vero."

"Perché non me l'hai detto? Avrei..."

"Avresti fatto cosa? Giocato ancora di più? Perso tua sorella a beneficio di un altro uomo? No, grazie. Ho pagato il tuo debito nei confronti di Gareth. Ora basta," dichiarò con determinazione Helen. La situazione sarebbe cambiata. Non avrebbe lasciato che fosse Martin a controllare il loro futuro. Suo fratello aveva avuto un'occasione e lei aveva già sofferto abbastanza a lungo.

"Come lo hai ripagato?" La voce di Martin era roca, come se egli temesse di conoscere già la risposta.

"Lui era molto solo. Vedi... ha perso la moglie e il figlio. In cambio della tua vita, sono stata a casa sua e gli ho fatto compagnia. Ero diventata la sua compagna." Helen si sentiva stranamente in obbligo di giustificare le azioni di Gareth. Dopotutto, lo capiva... la sua infelicità scaturiva dalla solitudine.

Martin impallidì. "Compagna? Vuoi dire che..."

"Sì, *quel* genere di compagnia. Lui mi ha rovinata, come ha detto lui stesso." Helen non risparmiò nulla a Martin. Dopo il comportamento irresponsabile da lui tenuto, era ora che comprendesse quale prezzo Helen aveva pagato per conto suo.

"Avrei dovuto spargli," imprecò Martin.

Lei gli rivolse un'occhiata assassina. "No, invece. Lui è stato gentile con me; più che gentile. Non mi ha fatto mancare nulla e..." Helen si interruppe prima di dire qualcosa di cui si sarebbe pentita."

"E?" la incoraggiò Martin, lo sguardo improvvisamente penetrante; doveva aver intravisto qualcosa, nella reazione di Helen, che lei non aveva inteso lasciar trapelare. "Non dirmi che ti sei innamorata di lui." La fissò.

Helen arrossì, più per la rabbia nei confronti di se stessa che per altro. "Anche se così fosse, non avrebbe importanza. Lui non mi voleva. Mi ha lasciata andare."

"Helen, quell'uomo ti ha permesso di andartene solo perché gli avevo puntato contro una pistola. Le pallottole possono essere molto convincenti. Lui ti vuole bene..." I lineamenti di suo fratello erano contratti per la confusione, come se Martin stesse mettendo ordine tra i propri pensieri.

"No."

"Come fai a saperlo?"

"Lo so e basta," scattò Helen. Non sarebbe mai riuscita a dimenticare le parole che Gareth aveva pronunciato nello studio mentre parlava con Ambrose. Non l'avrebbe mai sposata. Se l'avesse amata, il matrimonio non sarebbe stato un problema. Tutto lì.

"Beh, non l'hai visto in faccia quando mi ha rimproverato per esserti venuto meno. Lui ti ama. Me lo ha praticamente urlato. Sarò anche un pessimo giocatore di carte, ma scommetterei la mia stessa vita sul fatto che ti sposerebbe, se credesse di meritarti. Se tu lo ami, io non mi opporrò."

Martin fermò di colpo il cavallo, costringendo Helen a fare lo stesso. Nel cielo risuonò un tuono distante.

"Sbrigati, Martin. Abbiamo molta strada da fare prima che cali il sole." La reazione di Helen conteneva una nota di fastidio.

"Helen, forse dovresti tornare da lui. Se Fairfax ti ama... e tu ami lui... beh, è semplicissimo, no? Preferirei saperti felice e al sicuro, saperti *amata*, che farti soffrire con me."

Da quando a suo fratello importava qualcosa della sua felicità?

"Dico sul serio, Helen. Almeno pensaci. L'ho visto in faccia. Tiene molto a te. Come puoi voltare le spalle a una cosa del genere?"

Helen lo guardò di sottecchi. Per la prima volta da anni, avvertì di nuovo un sentore del loro antico legame di gemelli. Martin aveva ripreso a pensare a lei, ai suoi sentimenti. Non lo faceva da molto. Questo la spinse a riconsiderare con maggiore attenzione le sue parole. Poteva davvero tornare da Gareth? Lui l'avrebbe ripresa se Helen si fosse gettata ai suoi piedi, implorando pietà? Le voleva bene abbastanza da rendere possibile un tentativo? La amava davvero?

"E tu?" chiese a bassa voce. Se fosse tornata da Gareth, avrebbe lasciato Martin da solo.

Suo fratello le rivolse un sorriso accattivante. "Troverò una soluzione. È ora che cominci a cavarmela da solo."

Helen lo fissò a lungo, chiedendosi se Martin avrebbe potuto farcela davvero. L'espressione di suo fratello era solenne e il suo sguardo carico di determinazione; lei non lo aveva mai visto così. L'abbandono lo aveva cambiato in meglio? Forse si era reso conto che Helen non era una stampella su cui appoggiarsi.

"Dico sul serio. Basta bische. Domani mattina presto cercherò un posto da impiegato presso uno degli avvocati locali. C'è ancora qualche vecchio amico di nostro padre, in queste zone; so a chi rivolgermi."

La morsa al petto si allentò e Helen si rese conto che suo fratello era sincero. Martin se la sarebbe cavata egregiamente e lei sarebbe potuta stare con Gareth. Sarebbe andato tutto bene. Doveva andare tutto bene. Helen era pronta a lottare per la sua felicità e per quella di Gareth.

Finalmente, voltò il cavallo verso la casa di Gareth... che sarebbe diventata casa sua, se lui l'avesse ancora voluta.

"Cosa diavolo aspetti? Va' da lui!" Martin si allungò e colpì col frustino il fianco del cavallo di Helen. Il cavallo partì a un galoppo misurato, ripercorrendo la strada al contrario. Helen si aggrappò alle redini e affondò i talloni nelle staffe per rimanere in sella.

Quando arrivò alla casa, era fradicia fino alle ossa. Uno stalliere corse a prendere le redini del suo cavallo e ad aiutarla a scendere. Helen mormorò all'uomo un rapido ringraziamento ed entrò. Mary, che stava rimproverando un servitore entrato in casa con le scarpe infangate, si immobilizzò quando la vide.

"Dov'è lui?" le chiese Helen.

"In giardino. Deciso a prendersi un malanno, visto il tempo. Stava borbottando qualcosa riguardo all'arrampicarsi su un albero. Non sono riuscita a fermarlo; è in uno dei suoi momenti neri," rispose cupamente Mary.

Helen si incamminò verso la porta dei giardini. Attraverso la finestrella, intravide un paio di gambe robuste avvolte in pantaloni neri svanire tra i rami di un albero. Helen aprì la porta e raggiunse l'albero, cercando nel frattempo di trovare qualcosa da dire.

Sollevò lo sguardo e vide Gareth seduto su un ramo familiare, lo sguardo perso in lontananza. L'uomo non parve notare il suo avvicinarsi. Helen attese per un lungo istante, imprimendoselo nella memoria nel caso la cacciasse di nuovo. La camicia di Gareth era fradicia e gli aderiva ai muscoli, le cui linee nette erano così vivide nel ricordo di Helen che il suo corpo rabbrividì di fronte allo spettro della passione perduta. I capelli di Gareth erano quasi neri a causa della pioggia e leggermente arricciati in punta.

"Devo chiedere al giardiniere capo di portarvi una scala, padron Gareth?" chiese Helen, imitando la voce di Mary.

"No, Mary, non è ne..." L'uomo abbassò di scatto la testa dopo aver sbirciato nella sua direzione. Spalancò gli occhi e le sue labbra si schiusero, come se vederla lo avesse sconvolto.

"Helen?" Gareth scese freneticamente dall'albero, facendole

piovere un quintale di foglie sulla testa. Si lasciò cadere a terra di fronte a lei.

Il momento di ritrosia passò. Helen avvertì con forza la disperazione che le diceva di pregarlo perché le concedesse di restare.

"Cosa ci fate qui?" chiese Gareth, tirando il fiato.

"Dovevo tornare..." Quando l'uomo non disse niente, lei si chiese se non fosse necessario giustificare la sua eventuale permanenza. "Potrei lavorare per voi. Potrei farvi da cameriera... o da qualunque cosa vogliate. Non importa; lasciatemi restare qui. Mi guadagnerò da vivere." Helen cercò di rendere più salda la propria voce, ma suonava comunque terribilmente disperata.

"Guadagnarvi da vivere?" Gareth aveva l'aspetto di qualcuno che tratteneva una risata.

Negli occhi di Helen ardevano lacrime di vergogna. "Posso imparare a pulire. Forse non sarò molto brava, ma sono sicura che Mary potrebbe insegnarmi a farlo a dovere." Fece per allungare una mano verso Gareth, ma poi si fermò e si circondò invece con le braccia.

"Vi prego, Gareth..." Una lacrima coraggiosa le scivolò lungo la guancia e ogni traccia di divertimento negli occhi di Gareth morì.

Lentamente, l'uomo fece due passi verso di lei, prendendole il volto tra le mani mentre la guardava negli occhi. "Non vi permetterò di restare qui a farmi da serva, Helen. Non potreste mai diventare una cameriera."

"Ma..." La voce di Helen era serrata dal panico, ma lui la zittì con le proprie labbra.

Gareth la baciò con un miscuglio di passione feroce ed emozione sofferente. Non l'aveva mai baciata in quel modo, prima di allora. Le ricordò la prima occasione in cui l'aveva baciata, in salotto, ma al tempo stesso la marchiò con la stessa passione di quella volta nel prato e le scaldò l'anima come quando avevano fatto l'amore per la prima volta. Fu un bacio infinito, la promessa che sarebbero rimasti insieme per sempre. Quando Gareth, alla fine, le liberò le labbra, appoggiò la fronte alla sua, tenendoli vicini.

"Restate perché mi amate, perché mi renderete di nuovo felice," mormorò.

"Lo farò, anche se non mi amate. Se mi volete bene al punto di volermi anche solo un poco, resterò."

"Se vi voglio bene? Helen, io non vi voglio soltanto bene: io vi amo. Voglio sposarvi, se voi siete disposta ad accettare il mostro dal cuore nero che sono."

"Voi volete sposarmi?" Non poteva essere vero; Gareth non poteva amarla tanto... Era un'idea troppo bella per essere vera.

"Volete diventare mia moglie, Helen?" Le mani di Gareth scivolarono via dal suo viso per appoggiarsi sulle spalle.

"Ma certo!" Helen si alzò in punta di piedi per baciarlo. Lui la accontentò con gioia.

"Martin potrà venire a trovarci?" gemette all'improvviso Helen, memore di come suo fratello e Gareth non avessero esattamente trascorsi amichevoli.

"All'inferno," borbottò Gareth. "Finché si terrà lontano dai tavoli da gioco, potrà venire a trovarvi, o persino vivere qui. C'è un sacco di spazio e Mary sarebbe felice di avere un'altra persona di cui prendersi cura. Magari potrei dargli un esempio di condotta da gentiluomo. Sarebbe ora che imparasse."

"Lo fareste davvero?" Helen aggrottò le sopracciglia per lo stupore.

"Per voi, farei qualunque cosa." Il timbro roco della voce di Gareth la fece rabbrividire. Le sue parole la sconvolgevano nel profondo. Erano le parole che aveva sempre desiderato di sentirsi dire dall'uomo che, un giorno, l'avrebbe amata. Tremò tra le braccia di Gareth, sconvolta dalla meraviglia per il loro amore.

"Meglio rientrare prima di congelarci," disse Gareth, che si era accorto che Helen stava tremando tra le sue braccia. Le passò il braccio destro attorno alla vita e, insieme, loro due intrapresero il breve percorso che li ricondusse alla casa. Gareth si fermò quando raggiunsero la porta.

"Sapete, dovremo inventare una storia su come ci siamo conosciuti," disse pensieroso.

"Non volete dire alla gente che mi avete ricattata e sedotta per via dei debiti di gioco di mio fratello?" Helen gli sorrise diabolicamente.

"Sarei ben felice di ammettere tutto ciò. La parte inquietante della storia è quella in cui mia moglie per poco non mi ha ucciso in duello." Gareth sorrise.

"Ma a me piace parecchio! Mi fa sembrare molto coraggiosa."

"Voi *siete* stata molto coraggiosa, mia cara." La risata di Gareth risuonò dentro di lei mentre l'uomo se la stringeva al petto.

"Ditelo ancora," implorò lei.

"Che siete stata coraggiosa?" Gareth inarcò le sopracciglia e piccole rughe di divertimento silenzioso apparvero agli angoli dei suoi occhi.

"No, l'altra parte," mormorò Helen.

"Mia cara." Le labbra di Gareth sfiorarono le sue nell'ardente preludio a un bacio.

GRAZIE MILLE PER AVER LETTO LA SEDUZIONE DEL DUELLANTE. *Girate pagina per leggere il primo capitolo di* La seduzione del libertino, *che racconta di come Ambrose, l'amico di Gareth, si innamora di una donna che si ritrova costretto a sedurre per vincere una scommessa.*

CAPITOLO 5

La SEDUZIONE DEL LIBERTINO

Lauren Smith

LA SEDUZIONE DEL LIBERTINO

CAPITOLO 1

Lothbrook, Inghilterra – Settembre 1821

Ambrose Worthing stava partecipando a un ballo di campagna.

L'idea stessa era risibile. Lui, celebre libertino che detestava la vita di campagna, si ritrovava intrappolato in una stramaledetta sala da ballo pubblica che avrebbe potuto passare per un granaio. Anzi, mentre si guardava attorno giunse alla conclusione che l'ambiente ricordava decisamente quello di una fattoria, con un branco di mammine altolocate che starnazzavano come oche, i turbanti decorati da lunghe piume di struzzo.

Gemette quando vide che quelle donne lo osservavano, mormorando dietro i ventagli mentre gli passavano lo sguardo addosso come per valutare il suo potenziale come marito. A giudicare dai sorrisi astuti che Ambrose intravide, dovevano essere pronte a buttare ai suoi piedi le loro innocenti figlie.

Un corno. Ambrose non intendeva 'compromettere' accidentalmente nessuna delle giovani presenti lì quella sera. Era venuto in cerca di una donna in particolare, per sedurla, vincere una scommessa che aveva fatto a Londra la settimana prima e, sperava, salvarla. Non avrebbe lasciato che quello schieramento di mammine altolocate lo intimidisse al punto da spingerlo a ballare con le loro figlie, anche se faceva concorrenza all'antica Orda d'Oro mongola guidata da Gengis Khan. Molti libertini erano caduti preda dell'astuzia di quelle donne, per poi ritrovarsi mesi dopo incatenati a una ragazzetta timida e a una suocera insopportabile.

A ventinove anni, Ambrose era riuscito a schivare numerosi tentativi di accasarlo da parte dei suoi amici e dei suoi parenti. Se chi gli voleva bene non era riuscito a farlo andare all'altare, nessuna sciocca ragazza di campagna ci sarebbe riuscita. Ambrose era uno scapolo inveterato e gli piaceva esserlo. Il matrimonio non era fatto per gli uomini come lui. Ritrovarsi legato a una sola donna per il resto della vita e dover sopportare un'esistenza domestica invece che vivere ed esplorare il mondo? Santo cielo, no. Non avrebbe rinunciato alla sua libertà per nulla al mondo.

Alcune mammine aspiranti sensali coraggiose si distaccarono dalla folla e si incamminarono verso di lui. Dannazione; persino la necessità che un maestro di cerimonie facesse le presentazioni non era d'ostacolo per quelle donne.

Ambrose girò sui tacchi, cercando disperatamente di evitare la conversazione. Se avesse dovuto ascoltare l'ennesima storia di come questa o quella figlia fosse brava a suonare il pianoforte o a ricamare, sarebbe scappato urlando.

Aveva incontrato quasi tutte le persone presenti al ballo e non aveva alcun desiderio di approfondire la loro conoscenza. L'unico motivo per cui si trovava lì era una scommessa scritta nel libretto di White's. Un dannato imbecille di nome Gerald Langley aveva dichiarato che chiunque avesse colto il frutto dal ramo di quella particolare ragazza avrebbe ricevuto da lui cinquemila sterline. Langley era una bestia d'uomo, con scarso buonsenso e troppo denaro. Ambrose non aveva idea del perché Langley ce l'avesse con la figlia del conte di Rockford, ma così era. Dopo aver letto la scommessa, Ambrose aveva scritto il suo nome e reso noto a Langley che aveva accettato la sfida.

Per una volta, in vita sua, stava cercando di fare la cosa giusta quando c'era di mezzo una donna. Era vagamente ironico che il salvataggio della donna in questione richiedesse di comprometterla. Ma il conte di Rockford era stato amico di suo padre e Ambrose riteneva suo dovere nei confronti di Rockford vincere la sfida e tenere la signora al riparo dai veri farabutti. Nessun altro si sarebbe preso lo stesso disturbo per assicurare che la prima volta della giovane con un uomo fosse un'esperienza piacevole.

Aveva un mese per sedurre la figlia di Rockford e portarne la prova a Londra. Poiché la signora in questione non era mai stata nella capitale, c'erano numerose speculazioni tra gli uomini del suo club: costei era un diamante purissimo o una creatura scialba? Il libro delle scommesse diceva che aveva ventidue anni: abbastanza giovane da non essere una 'conduttrice di scimmie', espressione offensiva con la quale si indicavano le donne prossime all'età dello zitellaggio.

A quanto pareva, Rockford non era un uomo di stampo tradizionale. Qualunque padre avesse voluto assicurare il futuro della figlia l'avrebbe portata a Londra a diciassette o diciotto anni, l'avrebbe presentata alla Regina e le avrebbe fatto girare tutti i balli a caccia di marito.

Invece, Rockford non aveva fatto nulla del genere. Aveva tenuto sua figlia in campagna, facendole vivere una vita tranquilla. Un frutto non colto che aveva tentato i peggiori tra i frequentatori di White's a scommettere sulla presa della verginità della giovane per il proprio divertimento.

In circostanze normali, Ambrose non amava partecipare alle scommesse, soprattutto se queste prevedevano la corruzione delle innocenti. Di mezzo non c'erano principi morali, quanto piuttosto la sua scarsa passione per le vergini: queste ultime tendevano a innamorarsi e ad aggrapparsi all'uomo che aveva sottratto loro l'innocenza. Ma dopo aver visto coi suoi occhi il genere di uomini che discutevano sull'accettare o no la scommessa, quella famosa sera,

Ambrose aveva deciso di fare un favore a quella donna innocente. Aveva scritto il suo nome nel libro delle scommesse, accettando la sfida, e inviato una lettera a Rockford, rinnovando la loro conoscenza.

La risposta di Rockford era giunta appena pochi giorni dopo, invitando Ambrose a quel ballo e a trascorrere qualche settimana come ospite a casa del conte. Era l'opportunità perfetta, per Ambrose, di entrare nelle grazie della figlia del conte e vedere che razza di creatura si sarebbe presto portato a letto.

Se solo avesse saputo che faccia avesse quella donna. In mezzo a quel chiasso di balli e di musica, non riusciva a trovare una singola giovane donna con cui fosse disposto a giacere. Non che le giovani presenti non fossero belle: lo erano, ma non corrispondevano ai suoi gusti. Le giovani innocenti non lo avevano mai interessato. Se il suo amico Gareth Fairfax fosse stato lì con lui, gli avrebbe riso in faccia. Gareth era a sua volta intrappolato in un inferno tutto suo: il povero imbecille era sposato. *Sposato!* Ambrose non riusciva a pensare a nulla di più spaventoso che ritrovarsi incatenato a una donna per il resto della propria vita. Helen era una cara ragazza, perfetta per Gareth, e Ambrose doveva ammettere che non sarebbe stato poi terribile condividere il letto con una come lei. Ma incatenarsi per una caviglia?

Preferirei morire mille morti orribili piuttosto che finire in una dannata chiesa a vincolarmi a una donna sola per il resto dei miei giorni.

"Signor Worthing! Oh, signor Worthing!" chiamò la signora Hester Darby con voce acuta.

Ambrose ebbe un sussulto e si diede alla fuga, serpeggiando tra i ballerini impegnati in una vivace quadriglia. Evitò per un soffio di andare a sbattere contro due uomini mentre trovava riparo in una soglia che portava ai giardini sul retro. Se c'era una donna da temere al di sopra di tutti, quella sera a quel ballo, era la signora Darby, una mammina aspirante sensale dalla particolare determinazione. Ambrose la sospettava il genere di donna disposta a stordire un uomo col suo parasole, trascinarlo dietro un cespuglio e buttargli la figlia addosso prima di 'sorprendere' la coppia e annunciare l'inevitabile fidanzamento.

Ambrose sbirciò dietro l'angolo, sollevato nel vedere una via di fuga libera. Se la signora Darby avesse saputo qualcosa di Ambrose, avrebbe chiuso a chiave la figlia nella torre più vicina e arruolato un esercito di draghi sputafuoco per farle la guardia. Ma la reputazione da libertino di Ambrose non aveva ancora raggiunto Lothbrook. Il paese era abbastanza piccolo da consentirgli di percorrere, in dieci passi, buona parte dell'unica strada che meritasse il nome di via.

"Scusate, avete visto il signor Worthing?" La voce della signora Darby era pericolosamente vicina al suo nascondiglio, dietro un alto cespuglio in giardino.

"Temo di no, signora. Forse sì è recato al gabinetto dei gentiluomini," rispose un uomo. Ambrose non riusciva a vedere costui dal suo nascondiglio. Era probabile che l'uomo non lo conoscesse affatto, ma che non volesse proseguire la conversazione con la signora Darby. E il modo migliore per scacciare una donna era accennare alle funzioni corporali. Ambrose non riuscì a trattenere una risatina; era stato davvero fortunato.

E tuttavia, non era sicuro restare troppo vicino alla porta che conduceva alla sala da ballo, nel caso la signora Darby avesse deciso di sbirciare in giardino e lo avesse visto nascondersi come un ragazzo colpevole dietro i cespugli.

Voltatosi di scatto e allungato il passo, girò l'angolo dei cespugli più vicini.

Bam!

Ambrose andò a sbattere contro una persona proveniente dalla direzione opposta.

I loro corpi collisero e il secondo emise un gemito femminile di sofferenza. Caddero a terra. Nella luce soffusa, Ambrose non riuscì a vedere chiaramente la donna che giaceva sotto di lui. I seni pieni di costei gli premevano contro le costole e il suo profumo di acqua di rose gli stuzzicava il naso.

"Vi dispiacerebbe... se... Non riesco a respirare," ansimò la donna sotto di lui.

"Oh! Mi dispiace tanto." Ambrose le si tolse frettolosamente di dosso e si rialzò barcollando, levandosi di dosso foglie e terriccio prima di chinarsi per aiutare la giovane.

"Chiedo scusa, signorina. Non stavo guardando." Continuava a non riuscire a vederla nella luce fioca, ma la voce di lei era bassa e roca. Gli fece pensare alla pelle nuda, a lenzuola di satin e a lievi gemiti di piacere. Il suo corpo reagì all'istante, eccitandosi, e i suoi muscoli si tesero.

"È stata tutta colpa mia." La giovane donna si alzò col suo aiuto; la mano guantata di lei era calda nella sua. Si allontanarono dall'ombra delle alte siepi ed entrarono nella zona illuminata dalle lampade nei pressi dell'ingresso che conduceva alla sala da ballo.

La luce illuminò un corpo ben tornito avvolto nella mussolina bianca, con delle viole ricamate attorno alla vita e sull'orlo. La donna in sé non era una gran bellezza secondo gli standard patrizi, perlomeno non a prima vista: il suo naso era troppo pronunciato, il suo mento leggermente troppo aguzzo. Ma quando la osservò più attentamente, Ambrose trovò che i lineamenti di costei avevano una loro armonia e che ella era molto attraente. I suoi occhi azzurri erano a forma di mandorla piuttosto che rotondi. L'inclinazione degli occhi e lo sguardo languido che sembrava venirle naturale avevano un che di sognante e le folte ciglia color fuliggine che incorniciavano gli occhi accentuavano il loro colore azzurro. Era come fissare dei fiordalisi freschi. Ambrose pensò a corpi nudi che si contorcevano per la passione in mezzo ai fiori di un giardino. Mentre lei continuava a restituirgli teneramente lo sguardo, le sue labbra si schiusero e Ambrose capì che chiunque sarebbe andato a letto con quella donna l'avrebbe guardata fisso negli occhi e avrebbe amoreggiato come in un sogno. Scosse la testa, disperdendo la nebbia della curiosità e del desiderio.

"Vedo che non sono l'unica a cercare rifugio da quell'orda là dentro," scherzò lei. Le sue labbra si curvarono leggermente quando parlò, come se sorridere le venisse naturale. Ciò la rese molto più attraente di quanto Ambrose avesse originariamente pensato.

Lui stesso aveva voglia di sorridere, cosa che non faceva da anni. Sghignazzava quando possibile, sogghignava quando ce n'era bisogno e, quando necessario, tirava fuori l'occasionale sorrisetto lascivo... ma un sorriso genuino era raro, per lui.

"Non ce la facevo più," ammise. Per un attimo, si dimenticò della scommessa. Era palese che non avrebbe trovato la figlia di Rockford quella sera, al ballo. In caso contrario, l'avrebbe incontrata quando era arrivato, durante le prime presentazioni. Poteva concedersi un momento per godersi quella donna e la sua compagnia prima di affrontare la folla all'interno. Lei sarebbe rimasta là fuori con lui e avrebbe continuato a parlargli? Oppure avrebbe cercato rifugio dentro e lo avrebbe evitato, come avrebbe fatto qualunque giovane assennata?

La donna sollevò un ventaglio di pizzo e lo sventolò vicino alle proprie guance, che erano un poco troppo colorite. "Non vi biasimo. Non sopporto il calore quando la gente comincia a ballare. Sono uscita a prendere un po' di fresco." La giovane fece un passo indietro; non era esattamente una fuga, ma Ambrose agì spinto da un istinto primordiale e rispecchiò il suo movimento facendo un passo verso di lei.

Forse, quella sera non sarebbe stato un completo spreco di tempo. Avrebbe potuto rubare qualche bacio a qualche donna fino a quando non avrebbe trovato la sua preda per la scommessa. Non gli avrebbe certo fatto male trascorrere qualche piacevole minuto in compagnia di quella creatura incantevole.

"Non essendoci nessuno che possa presentarci, potrei avere l'onore di conoscere il vostro nome?" Ambrose appoggiò con fare noncurante una spalla al muro di pietra di fronte alla giovane, bloccandole di fatto la strada per la sala da ballo. I giardini erano *sempre* il luogo migliore per rubare dei baci.

"E permettervi di creare uno scandalo?" La donna cercò di usare un tono di voce imperioso e scandalizzato, ma poi scoppiò in una risatina adorabile.

Di norma, Ambrose destava il suono stucchevole delle risatine, ma in quel caso era completamente diverso.

"Molto bene; diamo scandalo, allora." La giovane lo ricompensò con un sorriso che fu come una martellata dietro alle ginocchia.

Negli occhi di lei brillavano vera allegria e buonumore, e contro ogni buonsenso Ambrose scoppiò a ridere. Era... bello. Negli ultimi anni era diventato così cinico che non rideva spesso.

"Mi chiamo Alexandra."

"La gente vi chiama Alex, dunque?"

"No." Un barlume di allegria scintillò negli occhi della giovane, che tuttavia inarcò un sopracciglio in un'espressione di sfida. Era chiaro che stava mentendo, e che lo stava anche provocando.

"Posso?" Ambrose si spinse lontano dal muro e si raddrizzò in tutta la sua altezza, facendo un altro passo avanti.

"Volete chiamarmi Alex?" La giovane si sporse leggermente verso di lui, gli occhi semichiusi mentre gli fissava la bocca. Sarebbe stata una conquista facile, ma decisamente meritevole.

"Sì," mormorò lui, prendendole il mento in mano. Il suo pollice percorse l'arco di Cupido delle labbra di lei, schiudendole un poco. Il respiro rapido e affannoso della donna gli scaldò il pollice e gli fece ribollire il sangue. Il suo membro si indurì dolorosamente nei pantaloni in pelle di daino.

"E io come devo chiamarvi?" Le labbra della giovane si mossero in una danza sensuale mentre parlava.

Ambrose si perse per un istante in visioni di baci rubati e di lui che la inchiodava al muro, mostrandole tutte le delizie perverse di cui erano capaci le sue mani e la sua bocca mentre i suoni soffusi della sala da ballo sommergevano i gemiti di piacere della donna. Era una dote che aveva perfezionato nel corso degli anni, che lo rendeva pericoloso a qualunque ballo in cui delle giovani venissero lasciate sole da chaperon o madri.

"I miei amici mi chiamano Ambrose."

"Oh?" Il naso della giovane si arricciò in maniera adorabile e lui vide chiaramente che ella stava cercando di soffocare un nuovo attacco di risa. "È il vostro modo per dirmi che siamo amici?"

Ambrose ridacchiò. "No, ma mi piacerebbe che lo diventassimo. Il mio nome completo è Ambrose Worthing."

La foschia del desiderio svanì da un istante all'altro. "Worthing!" La donna indietreggiò mentre trepidazione e riconoscimento le lampeggiavano sul viso.

"Avete sentito parlare di me?" Dunque, la sua reputazione aveva raggiunto almeno una persona a Lothbrook. Forse, quel minuscolo villaggio non era poi tanto isolato come lui credeva. Prima della reazione di lei, aveva cominciato a credere di non essere abbastanza perverso da far sì che il suo nome arrivasse al di fuori della periferia di Londra.

"Sì, ho sentito parlare di voi. La vostra fama vi precede."

"Oh? E di che fama si tratta?" Ambrose non riuscì a trattenersi: voleva sapere se lei lo avrebbe detto o meno. Era stata così ardita, prima. Avrebbe smesso di essere tanto affascinante e ammaliante di fronte a un vizioso di prim'ordine uscito dalle bische di Londra?

"Siete un libertino," annunciò Alex con un tono d'accusa che lo fece sorridere.

"Vero. E dunque?" Dannazione, non riusciva proprio a non sorridere. La giovane aveva spalancato gli occhi e si leccava nervosamente le labbra. Sapeva cosa implicava l'essere un libertino... e non solo per la sua reputazione.

"Non posso farmi vedere qua fuori con voi. Non *da sola*." Alex indietreggiò, ma Ambrose era troppo affascinato per lasciarla fuggire. Non era un farabutto e non avrebbe mai costretto una donna a fare qualunque cosa lei non volesse, ma che gli venisse un colpo se non intendeva trattenerla abbastanza da rubarle un bacio.

Quando aveva dato per scontato che lui fosse solo un gentiluomo come tanti, Alex si era lasciata toccare le labbra e si era sporta a sufficienza per un bacio, ma ora si stava dando alla fuga a causa di una parolina... *libertino*. Ora che l'inseguimento era cominciato, Ambrose non riusciva a resistervi.

"Alex, tesoro, dove pensate di andare?" Intrappolò la donna tra le sue braccia e il muro. Lei toccò il muro con la schiena e il suo mento si sollevò mentre incrociava lo sguardo di Ambrose con aria di sfida.

"Lasciatemi rientrare." C'era una forte determinazione dietro a quel tono sensuale e lui non poté non ammirarla per quello. Dunque, Alex non era un semplice fiorellino.

"Cosa vi spaventa? Un attimo fa conversavamo amabilmente, e ora state fuggendo solo perché vi ho rivelato il mio nome."

La donna inarcò un sopracciglio. "Stavamo conversando amabilmente fino a quando non ho appreso che siete il genere d'uomo che potrebbe rovinarmi con la sua semplice presenza. Ora, se volete essere così gentile da lasciarmi passare..."

Ambrose sorrise, inchiodandola col peso della sua morsa seducente. "È un peccato che temiate la passione."

Alex sbuffò, completamente indifferente di fronte all'occhiata che Ambrose aveva usato per infrangere numerosi cuori e diversi letti.

"Credevate che avrebbe funzionato? Sfidarmi a restare e lasciarmi compromettere in nome della sconfitta delle mie paure? Non sono una pavona di campagna." La donna spinse duramente contro il petto di Ambrose; la sua determinazione la rendeva ancora più allettante.

Ambrose le passò un braccio attorno alla vita, attirandola contro di sé. "Non vi darei mai della pavona. Mi ricordate una cerva, piuttosto. Occhi profondi ed espressivi, membra snelle. Quello di cui avete bisogno è un vero cervo, uno che vi monti e vi faccia sua coi suoi affondi profondi e potenti." Sottolineò quell'immagine mentale sfregando lentamente l'inguine contro quello di Alex.

Il rossore si diffuse sulle guance di lei e le sue labbra si schiusero per lo sconvolgimento. Probabilmente, Ambrose aveva esagerato, ma trovava uno strano piacere nel provocare quella donna.

"Vi piacerebbe, Alex? Volete che un uomo vi *possieda,* che vi prenda con vigore fino a farvi urlare?" Le sue parole provocanti ebbero l'effetto desiderato.

La giovane rimase di stucco; nel suo sguardo, il desiderio

lottava con l'indignazione. Alex era una donna affamata di passione, ma sapeva che volerla era pericoloso. Era intelligente.

"Sapete cosa voglio?" chiese lei con voce roca.

"Sì?" Ambrose si premette completamente contro di lei, il suo corpo pronto a prendere quello di lei. Sarebbe stato facilissimo sollevarle le gonne, avvolgersi le sue belle gambe attorno ai fianchi e prenderla lì. Avrebbe potuto zittire le sue grida con le labbra. Dio, voleva farlo più di quanto avesse voluto qualunque altra cosa da dannatamente tanto.

"Voglio che vi leviate di mezzo." Ambrose percepì il movimento troppo tardi per fermarla e avvertì un dolore terribile lacerarlo in due quando il ginocchio di Alex si sollevò di scatto in un fruscio di sete e satin e lo colpì violentemente, schiacciandogli i testicoli e devastandolo. La sua gola si serrò per il panico e lui si afferrò l'inguine; non riusciva più a respirare, ma in compenso vedeva le stelle.

"Cristo!" sibilò.

Nell'agonia, si accorse a malapena di Alex che se ne andava; l'abito della donna fruscò mentre lei lo oltrepassava e rientrava nella sala da ballo, lasciandolo solo e distrutto a tenersi in mano il membro dolorante che, un istante prima, aveva premuto contro la donna. Appoggiò un palmo al muro di mattoni, ansimando e cercando di controllare il dolore devastante che dai testicoli gli arrivava dritto al petto.

Per tutti i diavoli, quella donna picchiava duro.

Quando, alla fine, il dolore si placò, Ambrose cominciò a ridere. Alex era una gran donna e lui non vedeva l'ora di portarsela a letto. Avrebbe pensato l'indomani alla figlia del conte di Rockford. Quella sera, avrebbe interpretato il ruolo del cervo.

CAPITOLO 2

"Santo cielo, non riesco a credere di averlo fatto davvero." Alexandra si coprì la bocca per soffocare una risata. Era nascosta in fondo alla sala pubblica con la sua migliore amica, Perdita Darby. Il cuore le batteva all'impazzata e il suo corpo tremava. Per fortuna, la musica copriva il suono delle loro risate. Non appena era corsa dentro, Alex era andata subito a cercare la sua amica e insieme erano svicolate dietro a una muraglia di matrone compassate che osservavano le danze con occhio critico, per capire quali fossero i giovani potenzialmente degni delle loro figlie.

"Davvero hai colpito un uomo con un calcio tra le gambe?" Perdita pareva combattuta tra le risate e i gemiti di scandalo. Ecco perché Alexandra adorava la sua amica: entrambe erano fondamentalmente delle reiette a Lothbrook, perché nessuna delle due era incline a sposarsi, e il pensiero di prendere un uomo a calci nei testicoli le faceva ridere entrambe.

Dio, siamo condannate a rimanere zitelle, ma almeno rimarremo insieme, pensò Alex, continuando a ridere.

"Certo! Non so cosa mi abbia preso, ma lui era lì, che parlava di... possedermi, e io... gli ho dato un calcio!" Alex arrossì e si coprì il volto con le mani per un minuto, il tempo di riprendersi. Se qualcuno avesse scoperto che si era comportata in maniera tanto aggressiva, avrebbe corso grossi guai. Il pensiero che sua madre avesse rinunciato a darla in sposa e se ne fosse andata da sola a Londra era un sollievo. Se fosse stata lì e avesse visto cosa aveva combinato Alex...

Non smetterei mai di sentirle su.

"Se quell'uomo stava cercando di baciarti, hai fatto benissimo a porre fine al suo comportamento molesto. Non puoi permetterti di venire compromessa da un uomo come Ambrose Worthing, anche se lui è l'uomo *più attraente* che si sia mai visto. Anche se, magari, per un bacio avrebbe potuto valere la pena..." Perdita rispose in tutta serietà, ma le sue labbra guizzarono quando menzionò il bacio.

"Perdita!" gemette Alexandra, parlando a bassa voce. "Non baceresti davvero un libertino come lui, vero?" L'affermazione di Perdita era sconvolgente. La sua amica stava davvero prendendo in considerazione l'idea di mettersi a baciare libertini? Non l'assennata, dolce Perdita. Tra tutte e due, Perdita era di sicuro la più abile nel destreggiarsi in situazioni sociali, ma probabilmente ciò era dovuto al fatto che sua madre dava costantemente feste, balli e picnic nel tentativo di convincere qualche gentiluomo a corteggiare Perdita. Alex era più che altro un maschiaccio ed era pronta ad ammetterlo. Era molto meglio galoppare per la campagna che ritrovarsi chiusa in casa, come avveniva per molte altre donne della sua età.

"Certo che lo farei. Non sei nemmeno un po' curiosa di come sarebbe baciare un uomo come quello? Uno che sa come si tratta una donna?" I capelli castano scuro di Perdita erano fermati in alto sulla testa, ma alcuni riccioli sciolti le sfioravano la curva del collo e, quando lei spostava lo sguardo, le danzavano sulla pelle. "Sai cosa dicono di lui a Londra..."

"Vuoi dire quelle voci secondo cui..." Le parole di Alex le morirono sulla lingua quando Ambrose si incamminò dritto verso di lei. La furia scuriva gli occhi dell'uomo, ma un sorriso sensuale aleggiava ai margini delle sue labbra dalla curva perfetta, come se egli

CAPITOLO 2

avesse già pianificato la sua vendetta. Qualunque cosa gli fosse venuta in mente, Alex sapeva che non sarebbe stata piacevole.

"Santo cielo. Perdy, salvami!" Alex spinse la sua amica di fronte a sé proprio mentre Ambrose li raggiungeva.

"Il signor Worthing, suppongo?" Perdita rivolse all'uomo un sorriso ammaliante. Non era quello che si diceva uno splendore, ma gli uomini sembravano gradire trascorrere del tempo con lei nelle occasioni mondane. Perdita aveva una vivacità e una spigliatezza che la rendevano istantaneamente amabile. Era raro l'uomo che non gradiva stare vicino a Perdita quando ella interpretava la parte della giovane affascinante. Ma Ambrose non parve influenzato.

"Sì. Voi dovete essere la signorina Darby. Ho avuto il piacere di conoscere vostra madre."

Sebbene la risposta fosse diretta a Perdita, lo sguardo dell'uomo percorse ardente il corpo di Alex, nonostante lo scudo umano rappresentato dalla sua amica.

Perdita ridacchiò in tono sarcastico. "Dubito che fare la conoscenza di mia madre sia stato un grande piacere, ma siete gentile a dirlo. Vi fermerete a lungo a Lothbrook?" Perdita era un'abilissima conversatrice e il fatto di essere usata come scudo non la turbava minimamente. Alex non era mai stata più grata di averla come amica.

All'improvviso, Perdita le diede una gomitata di sottecchi, incoraggiandola ad allontanarsi furtivamente da lei ed Ambrose. Era una splendida idea... una rapida fuga...

Ambrose, con la scusa di evitare una coppia che ballava nei paraggi, si avvicinò a loro due, bloccando la via di fuga di Alex. "Soggiorno alla locanda, ma ho ricevuto un invito da parte del conte di Rockford per raggiungerlo nella sua tenuta."

Alex sbiancò. Suo padre aveva invitato uno dei libertini più famigerati di Londra in casa propria? Cosa diamine gli era saltato in mente? Di sicuro non lo avrebbe fatto se fosse stato a conoscenza della reputazione di Ambrose.

"Voi conoscete mio padre?" disse di getto Alex.

"Vostro padre?" L'occhiata confusa con cui Ambrose reagì la colse alla sprovvista. L'uomo era all'oscuro della sua identità.

"Sì: James Westfall, conte di Rockford."

Questa volta fu Ambrose a impallidire. "Voi siete la figlia di Rockford?" Un'espressione illeggibile colmò i suoi profondi occhi marroni. Poco prima, nel giardino buio, Alex non era riuscita a distinguere i suoi lineamenti con altrettanta chiarezza; aveva visto solo che Ambrose era un uomo alto e muscoloso, con la voce suadente e un viso discreto. Ma ora, nella luce della sala da ballo, dove lei era costretta a guardarlo sul serio, Alex non riuscì a non odiarlo un poco. Era troppo bello. Con i capelli e gli occhi scuri, le labbra piene che sembravano più a loro agio arricciate in un sorriso leggermente sardonico, e il mento forte e il naso dritto, era l'esemplare ideale di uomo. Proprio come lo era stato Marshall...

Alex scacciò il pensiero di Marshall. L'ultima cosa che voleva fare era pensare al giovanotto che le aveva spezzato il cuore cinque anni prima, per poi partire per Londra.

Si costrinse a guardare Ambrose con occhio critico. Le piaceva riuscire a leggere le persone e il non avere idea di cosa egli stesse pensando la turbava. Spostò il peso del corpo da un piede all'altro, irrequieta. Se non avesse saputo che non era così, avrebbe pensato che quella fosse un'occhiata di calcolo rapidamente mascherato.

"Il signor Worthing conosce tuo padre?" Perdita spostò lo sguardo dall'uno all'altra, il divertimento che le sollevava gli angoli delle labbra.

Ambrose si riprese e sorrise calorosamente. "L'ho conosciuto quando ero ragazzo. I nostri padri sono vecchi amici. Solo di recente ho avuto l'occasione di rinnovare la conoscenza."

"Oh," sospirò sollevata Alex. "Dunque non vi fermerete a lungo."

"Alex!" Perdita diede una violenta gomitata tra le costole di Alex.

"*Ah!*" Alex gemette per il dolore provocato dal colpo inaspettato e fulminò con lo sguardo la sua amica.

"Alex? Avevate detto che nessuno vi chiama così." Ambrose

incrociò le braccia e Alex non poté non ammirare il bel taglio del suo gilet blu scuro. Con le spalle larghe, i fianchi stretti e le gambe muscolose nei pantaloni in pelle di daino, Ambrose Worthing era una visione di perfezione mascolina. Era un peccato che non fosse altro che un farabutto, il quale traviava signore di buona famiglia seducendole per il proprio piacere. Un uomo del genere avrebbe dovuto avere un carattere dolce e un cuore gentile, ed essere fedele alla propria splendida moglie. Ma, purtroppo, gli uomini più attraenti erano sempre i più pericolosi: i libertini, le canaglie... tutti diavoli, dal primo all'ultimo.

"I suoi amici la chiamano Alex." Perdita aprì il ventaglio con uno scatto del polso e guardò Alex da dietro lo schermo di pizzo, celando un ampio sorriso.

"Beh, Alex, in tal caso sono felice di fare la vostra conoscenza e sono sicuro che conquisterò la vostra amicizia." Ambrose catturò la mano di Alex e si chinò per baciarle l'interno del polso. Il sangue di Alex ribollì alla calda pressione delle labbra dell'uomo. Questi fece guizzare la lingua e le leccò la vena; Alex ritrasse di scatto la mano, sorpresa. Aveva sopportato cento baciamano negli ultimi anni e nessuno di essi le aveva fatto lo stesso effetto di quello di Ambrose.

Perché mai lui dovrebbe essere diverso? Probabilmente perché mi fa infuriare, con la sua arroganza e la sua determinazione a sedurmi. Beh, io non mi lascerò sedurre.

"Signorina Darby." Ambrose baciò la mano di Perdita in maniera molto più elegante. "Gradireste un ballo?" Nel dirlo, l'uomo sorrise a Perdita e ignorò completamente Alex.

L'espressione di Perdita crollò. "Mi dispiace molto, signor Worthing. Il mio carnet è pieno. Alex, tuttavia, è libera per il prossimo valzer."

"A voi è permesso ballare il valzer, qui?" Ambrose aggrottò le sopracciglia con aria perplessa.

"Ad Alex sì. Suo padre ha convinto le matrone di Lothbrook a darle il permesso." Perdita diede l'annuncio con grande orgoglio. Dopotutto, ciò era avvenuto dopo una richiesta del suo, di padre, e

Alex aveva dovuto comportarsi al meglio per due stagioni per dimostrare alle matrone che ci si poteva fidare a permetterle di ballare lo scandaloso valzer.

"Balliamo sull'orlo dello scandalo?" Ambrose increspò le labbra, leggendo nel pensiero di Alex.

"Ho ventidue anni, signor Worthing. Pur non essendo sposata, è giusto che io possa ballare il valzer. Mio padre e le matrone sono d'accordo. A ciò contribuisce il fatto che la mia reputazione sia irreprensibile."

"Non per molto," mormorò Ambrose.

"Chiedo scusa?" domandò Alex.

"Balliamo, allora?" Ambrose girò attorno a Perdita e si impadronì ancora una volta della mano di Alex, trascinandola verso i ballerini che stavano prendendo posizione per ballare il valzer.

Poi la prese tra le braccia, facendo aderire il corpo di Alex al proprio.

"Allontanatevi, signor Worthing. Siete troppo vicino," protestò Alex. Vampate di calore avvolsero il suo corpo in minuscole fiamme, che le lambivano i seni e in mezzo alle gambe. L'essere premuta contro quell'uomo la privava quasi del buonsenso. Aveva ballato altre volte il valzer, ma nessun uomo le aveva fatto quell'effetto. La cosa non le piaceva.

"È questo il punto di ballare il valzer, Alex. A un uomo piace tenersi stretta la sua donna, sentire i seni di lei contro il proprio petto. Vuole sentire tutto il corpo di lei contro il proprio."

"Ma io non sono la *vostra* donna," gli fece notare Alex. Se la vita fosse andata come voleva lei, non sarebbe mai appartenuta a nessun uomo. Sarebbe stata ben felice di vivere il resto dei suoi giorni da sola e al timone del proprio destino. Suo padre le concedeva parecchia libertà e, un giorno, le avrebbe lasciato le terre e il denaro in un fondo fiduciario di cui suo zio avrebbe avuto il controllo; ma lo zio di Alex era un caro vecchio e le avrebbe lasciato fare ciò che voleva. Non c'era alcuna necessità di sposarsi. Dopo ciò che Alex aveva sofferto quando Marshall aveva lasciato

CAPITOLO 2

Lothbrook, lei non sopportava l'idea di innamorarsi di un altro uomo e di sicuro non avrebbe sposato nessuno, a meno di amarlo.

"Ma potreste esserlo. Vi basterà dire 'Vi prego, Ambrose' e io sarò ai vostri ordini. Non desidero altro che inginocchiarmi di fronte all'altare della vostra bellezza." Il tono di voce dell'uomo era basso e suadente; scherzoso, ma non sarcastico, come invece lei si sarebbe aspettata.

Alex sbuffò, cercando di ignorare il modo in cui la voce stregata dell'uomo la faceva sentire. "Queste belle frasette funzionano davvero? Le donne cadono ai vostri piedi implorando le vostre attenzioni?"

"Tutte le volte," le assicurò lui con un sorriso ardito mentre il ballo aveva inizio.

Beh, posso giocare anch'io. Alex ricambiò il sorriso di Ambrose.

Poi prese bene la mira e gli pestò un piede. L'uomo strinse gli occhi, ma non diede altri segni di essersene accorto. Le sue dita affondarono nella vita di Alex, che trattenne un gemito quando quel tocco primitivo e possessivo la colpì dritta al sesso, facendola bagnare. Quello era un problema.

Alex non era estranea al desiderio sessuale. Una volta, d'estate, era incappata per caso in uno degli stallieri di suo padre. L'uomo si era tolto gilet e camicia mentre spalava il letame dalle stalle. Alex si era appoggiata alla porta, nascosta alla vista mentre osservava il gioco di luci e ombre sul corpo muscoloso dello stalliere. Era la prima volta in cui il suo corpo si era risvegliato, ma lei non aveva agito sulla spinta del desiderio. E molto tempo dopo, quando si era innamorata di Marshall, loro due avevano condiviso baci rubati tra le ombre della scuderia e dietro le siepi del giardino, ed era stato splendido. La sensazione sconvolgente del desiderio che andava crescendo l'aveva lasciata sofferente e bisognosa di soddisfazione. Ma non era mai andata oltre i baci. Non avrebbe permesso a un uomo come Ambrose di sedurla con parole mielate o sguardi ardenti. La cosa le ricordava troppo Marshall e pensare a lui la feriva sempre nel profondo.

Una vocina nella sua testa le mormorò che Ambrose non era Marshall.

Alex non voleva volere Ambrose. Non poteva permettersi di cedere alla fame di un uomo come lui. Egli l'avrebbe rovinata e non avrebbe più ripensato a lei dopo che la sua carrozza avrebbe lasciato Lothbrook. Alex sollevò lo sguardo sul suo viso. Il naso aquilino e la mascella scolpita dell'uomo erano magnifici. La tentazione di lasciarsi sedurre era incredibilmente forte, ma lei non intendeva cedere.

Per mia fortuna, la sua arroganza lo rende meno attraente.

"Sapete, non andrei mai a letto con un uomo come voi. Siete un cretino arrogante e pomposo, per non usare termini più volgari."

Per un istante, l'uomo rimase di stucco, come se la risposta acida di Alex lo avesse colpito. Poi si riprese e sorrise. "Voi non sapete un bel niente di volgarità, mia cara."

Alex sussultò di fronte allo sguardo fiero, leonino, nei suoi occhi.

"Percepisco che non vi piaccio, ma mi chiedo se siano gli uomini in generale, cara Alex, a provocarvi un simile scorno," rifletté ad alta voce Ambrose. Quando lei non rispose, proseguì. "Amavate un altro? È così? Qualcuno vi ha spezzato il cuore?" L'uomo stava scherzando, ma Alex mise un piede in fallo; tirando a indovinare, egli ci aveva azzeccato.

"Per favore, non voglio più ballare," mormorò lei, cercando di interromperlo. Non voleva parlare di Marshall, non voleva pensare a lui o ai sogni che lei stessa aveva costruito e visto infranti quando lui l'aveva abbandonata per sposare un'altra donna in un matrimonio più danaroso.

Ambrose la fissò e lei distolse lo sguardo; non voleva vederlo sogghignare orgoglioso.

"Non credevo... Mi dispiace... Non mi ero reso conto che poteva essere davvero andata così. Stavo scherzando. Per favore, Alex, concludiamo il ballo." Il tono di voce dell'uomo era gentile e attirò nuovamente lo sguardo di Alex. Lo sguardo di quegli occhi marroni era caldo, tenero e colmo di scuse.

Continuarono a ballare il valzer in silenzio, con la musica che li avvolgeva nel suo pulsare ritmico. Alex ed Ambrose trovarono un ritmo rilassato, le gambe perfettamente sincronizzate, i corpi alla distanza giusta. L'uomo, bisognava riconoscerglielo, era un ballerino magnifico.

"A cosa state pensando?" chiese lui quando raggiunsero l'angolo della stanza e cominciarono a tornare verso le coppie volteggianti.

"Hmm?" Alex ascoltava a malapena. Era distratta dalla splendida sensazione che era ballare con Ambrose.

"Sembrate al tempo stesso rilassata e perplessa."

"Oh. Stavo pensando che siete un ballerino magnifico. La maggior parte degli uomini di Lothbrook mi hanno pestato i piedi troppo spesso perché io potessi amare il ballo. Fino a ora." Persino Marshall non era stato un buon ballerino. Passabile, sì, ma non certo divino. Alex aveva sempre desiderato ballare il valzer con un uomo che lo sapesse fare e ora era lieta di aver scoperto che quel desiderio non era stato uno spreco. Quella era un'esperienza più che gradevole: era splendida. Quasi troppo, e lei sapeva che sarebbe finita.

"Dunque ammettete che non sono poi *così* male." Il sorriso di Ambrose era piratesco. Era possessivo, predatorio e assolutamente inebriante. La sua potenza la colpiva nel profondo, come un'esplosione di sensazione e di voracità.

Ecco perché i libertini sono così pericolosi. Le donne avrebbero fatto qualunque cosa per guadagnarsi un sorriso del genere.

"Restate *piuttosto* male," rispose Alex; ma fu impossibile non ridere un poco mentre lo diceva.

Anche Ambrose rise. "Lo prendo come un riconoscimento del mio fascino irresistibile."

"Immagino che ora mi direte che i libertini redenti sono i migliori tra i mariti."

"Dio, no. Ma sarei molto felice se voi cercaste di redimermi." L'uomo la attirò un poco più vicino e abbassò lo sguardo sulle sue labbra. "Magari potremmo discutere i modi in cui potreste domare la mia perversione. Potreste legarmi e torturarmi con quella bella boccu... Argh!" Ambrose gemette quando Alex gli pestò nuovamente un piede di proposito.

"Porco d'un cane! Questa è violenza," ringhiò l'uomo, staccandola da sé proprio mentre la musica sfumava e le coppie di ballerini si separavano.

"Lasciatemi andare," sibilò Alex. Se qualcuno li avesse notati, lei avrebbe potuto finire rovinata, soprattutto considerato quanto egli la stesse tenendo stretta e il fatto che le avesse messo una mano sul sedere. La sensazione era piacevole – troppo piacevole – e nemmeno quello era di suo gradimento.

Ambrose esitò per un istante di troppo prima di indietreggiare e rivolgerle un inchino cortese.

"Alex, vi ringrazio per lo splendido ballo. Credo che ci rivedremo presto. Forse più tardi questa sera."

"Perché?" La voce di Alex era più roca di quanto lei avrebbe gradito.

"Devo tornare alla locanda e far trasportare i miei effetti personali alla tenuta di vostro padre. Il suo invito a rimanere come suo ospite per due settimane è molto cortese. Non vorrei offenderlo."

Oh, no. Alex non avrebbe lasciato che un libertino come quell'uomo dormisse sotto il suo stesso tetto.

"Mio padre non vi permetterà di mettere piede in casa nostra. Non dopo che gli avrò riferito quello che mi avete detto."

Ambrose si produsse in una risata bassa e cupa. "Io non lo farei, Alex. Potrei dirgli quanto bene ci conosciamo. Vostro padre insisterebbe allora per sistemare le cose come si conviene, e naturalmente lo farei anch'io."

"Come si conviene?" Alex non capiva.

"Mettete in guardia vostro padre contro di me e io gli dirò che vi ho sollevato le gonne e vi ho fatta mia questa stessa notte. Così, voi vi ritroverete il sottoscritto come marito."

La mascella di Alex grattò il pavimento. "Perché mai dovreste fare una cosa del genere? Voi non volete sposarmi. Non mi *conoscete* nemmeno."

"No, non vi conosco. Ma ci sono stati matrimoni basati anche su meno. So che nemmeno voi volete sposare me, per cui terremo entrambi la bocca chiusa; a meno che, naturalmente, voi non vogliate usare quelle labbra per scopi diversi dalla parola."

Alex soppesò le parole di Ambrose, cercando di trovare un modo per aggirare la minaccia, da parte dell'uomo, di dire a suo padre che lei era stata rovinata. Anche se quella sarebbe stata una menzogna, il padre di Alex sarebbe stato incline a credere a Ambrose, che era un gentiluomo. Ed Ambrose sembrava proprio il genere d'uomo che l'avrebbe sposata per pura e semplice vendetta.

"Siete l'uomo più perverso che io abbia mai conosciuto," ringhiò Alex, appiccicandosi un sorriso fasullo sul viso. Ambrose aveva vinto quella piccola battaglia, ma lei era decisa a vincere la guerra. Si sarebbe assicurata che il soggiorno dell'uomo a casa sua fosse sgradevole al punto che egli sarebbe fuggito urlando verso Londra.

"Ma grazie." Ambrose le sfiorò le nocche con le labbra e svanì tra la folla.

CAPITOLO 3

Alex uscì dalla carrozza coi piedi doloranti per quanto aveva ballato quella sera. Aveva una gran voglia di un bel bagno caldo e di un fuoco prima di andare a letto, oltre che del dolce post-ballo che la cuoca le aveva lasciato pronto. Per quanto cercasse di controllare i suoi pensieri mentre si dirigeva verso casa, la sua mente continuava a tornare all'unico argomento proibito: Ambrose Worthing, famigerato libertino londinese.

Dopo l'incontro di Alex con Ambrose e dopo quel valzer, l'uomo aveva lasciato la sala pubblica, la qual cosa aveva fatto sentire lei al sicuro, ma anche stranamente contrariata. Non voleva ammetterlo, ma aveva avuto molta voglia di un ulteriore ballo con Ambrose, anche se aveva deciso che egli non le piaceva. L'uomo era uno splendido ballerino.

Suo padre, James Westfall, conte di Rockford, la accolse sulla soglia di casa.

"Papà, cosa ci fai ancora sveglio a quest'ora! È quasi mezzanotte. Dovresti essere a letto." Alex lo abbracciò, notò il suo sorriso radioso e cominciò a provare un senso di disagio. Un lacchè le prese il mantello mentre lei entrava in casa.

"Abbiamo un ospite! Mi sono dimenticato di dirtelo questa

mattina, quando eri qui, ma ho invitato il figlio di un vecchio amico a stare da noi per qualche settimana."

"Ma—"

"Non c'è bisogno di agitarsi. Una stanza è già stata preparata per lui e sono già d'accordo con la cuoca per quanto riguarda i pasti. Non preoccuparti: ho pensato io a tutto." Dopo quella dichiarazione colma d'orgoglio, il padre di Alex si voltò verso la porta del salotto, che era semiaperta. "Worthing, venite a salutare mia figlia Alexandra!" chiamò.

Worthing? No... no... no... Doveva essere un incubo. Alex aveva sperato di avere qualche ora di sollievo prima dell'arrivo dell'uomo. Lo fulminò con lo sguardo quando questi apparve sulla soglia del salotto e le rivolse un sorriso malizioso e colmo di complicità.

"Alex, ti presento il signor Ambrose Worthing."

"Piacere," disse Ambrose mentre le prendeva la mano e se la portava alle labbra, baciandole il dorso delle dita.

Lei si acciglò; per fortuna, suo padre non se ne accorse.

"Perché non ci sediamo di fronte al fuoco per un minuto prima di andare a letto? Vorrei che voi due vi conosceste come si deve," propose allegramente il padre di Alex mentre accompagnava lei ed Ambrose in salotto.

Alex non lo seguì immediatamente. Rimase dov'era, come paralizzata, mentre la sua mente rifletteva spasmodicamente. E se Ambrose avesse detto a suo padre che lei gli aveva sferrato un calcio all'inguine? E se suo padre avesse indovinato che lui aveva cercato di baciarla? E se—

"Venite, lady Alexandra?" chiese Ambrose, appoggiando una spalla allo stipite della porta, un gesto che l'avrebbe costretta a ritrovarsi faccia a faccia con lui se avesse voluto entrare nella stanza. Alexandra si avvicinò con esitazione, per poi fermarsi a pochi centimetri dall'uomo.

"Ahem," tossicchiò educatamente. Con un sorriso da schiaffi, Ambrose si fece da parte, lasciandola passare in modo che lei potesse prendere posto di fronte al fuoco.

Le fiamme crepitavano e scoppiettavano, mandando scintille

fino ai margini del caminetto. Alex vi si scaldò le mani prima di sedersi.

"Grazie ancora per l'invito, milord. Sono trascorsi anni dall'ultima volta in cui sono stato qui." Ambrose prese posto e si mise comodo su una poltrona a vela. Un sorriso smargiasso gli curvò le labbra quando Alex trovò il coraggio di guardarlo. La rabbia mandò scintille sotto la pelle di lei e un rossore carico di imbarazzo la colse quando ripensò a quel bacio. Come osava Ambrose venire lì, sorridere in quel modo... in casa sua! Alex cercò faticosamente di ricomporsi.

Posso farcela. Posso affrontarlo.

E così, Ambrose pensava di potersi mettere a suo agio? Alex si morse il labbro per trattenere una risata. Non sarebbe durato a lungo. Ci avrebbe pensato lei.

"Sono trascorsi secoli, non è vero? L'ultima volta è stata prima che partiste per Eton. Alex era ancora una bambina nella nursery quando voi e vostro padre siete venuti a pescare." L'espressione del padre di Alex si era intenerita mentre parlava e la nostalgia gli faceva brillare gli occhi.

Alex non aveva mai pensato che suo padre si sentisse solo – entrambi non erano amanti delle occasioni mondane – ma forse il conte avrebbe gradito vedere più spesso i propri amici. Lei andava spesso a trovare Perdita, ma suo padre usciva di rado, se non quando era Alex a convincerlo. Il conte preferiva i libri nel suo studio, la caccia e la pesca, ma le ultime due attività erano assai più gradevoli in compagnia.

Il vecchio risentimento nei confronti di sua madre – che trascorreva metà dell'anno a Londra e, quando era a casa, aveva sempre da fare – riprese vita in Alex al pensiero della solitudine di suo padre. Sapeva che quello dei suoi genitori non era un matrimonio d'amore, ma politico. L'unione di due potenti famiglie inglesi era stata più importante della passione. Alex era cresciuta fin troppo consapevole di quel fatto. Non che i suoi genitori non si volessero bene: a modo loro, si amavano. Ma c'era ben poca passione in quell'amore.

"Come sta vostro padre, Ambrose? È stato qui per l'ultima volta l'anno scorso, prima di Natale." Il padre di Alex posò gli occhiali sul piccolo tavolino da lettura accanto a lui e si sporse verso l'ospite.

"Sta molto bene. Lui e mia madre sono da alcuni amici a Edimburgo per la Piccola Stagione."

"Ah sì? Buon per loro. Ma dovete dirgli di venire qui a cacciare con me, quest'autunno. La caccia è stata molto fruttuosa negli ultimi anni. Anche voi dovreste venire, se non avete altri impegni."

Alex scelse proprio quel momento per intervenire. "Papà, sono certa che il signor Worthing abbia cose molto migliori da fare che venire qui a sparare."

Suo padre sbuffò. "Sciocchezze, cara; agli uomini piace sparare. Vero, Worthing?"

"Verissimo." Ambrose ammiccò ad Alex, facendola tremare di rabbia. "Agli uomini piace cacciare ogni genere di cose." I suoi occhi parvero dirle ciò che le sue labbra tacevano: *Ad esempio i fagiani, le volpi e... le donne.*

"Ottimo! Vi inviteremo per questo autunno." All'improvviso, il padre di Alex si alzò. "Santo cielo, non vi ho nemmeno presentato come si deve alla mia cara figliola."

Alex sospirò. Quella era la ragione per cui sua madre non portava suo padre a Londra. Il conte non aveva la testa per le convenzioni sociali in materia di presentazioni e formalità.

"Ho avuto il piacere di conoscerla e di ballare con lei questa sera, alla sala pubblica." Ambrose sorrise.

"Ah, bene, bene." Il padre di Alex era ancora rosso in viso. "Alex, cara, ci verseresti un po' di brandy?" Il conte accennò col capo al decanter, appoggiato su un tavolo in fondo alla stanza.

"Ma certo, papà." Alex lanciò un'occhiata seccata a Ambrose, quindi si alzò per versare da bere ai gentiluomini.

"Come sta la contessa di Rockford?" Ambrose si stava comportando da perfetto gentiluomo. Non c'era la minima traccia di sconvenienza in lui, nemmeno un barlume di lussuria nei suoi occhi mentre conversava con suo padre come se fossero stati vecchi amici.

"Irene sta bene. Anche lei è andata a trovare delle persone. Trascorrerà il resto del mese a Londra, con sua sorella. Alex e io non ne possiamo più dalla noia, vero?" Il padre di Alex stava scherzando, naturalmente.

Lei non riuscì a trattenere una risata. Entrambi erano lieti di essere rimasti da soli a Lothbrook.

La prospettiva di trascorrere un mese tranquillo in casa era stata per loro fonte di entusiasmo. Sua madre adorava ricevere ospiti e partecipava a ogni evento mondano che le capitasse di trovare. Ma per Alex e suo padre, questo era fonte di grande affaticamento.

"Siamo lieti che siate venuto a trovarci. Vero, Alex?" esclamò allegramente suo padre.

"Sì," rispose freddamente Alex. Suo padre non notò il suo tono di voce; Ambrose, sì. Alex avrebbe potuto giurare che le labbra dell'uomo si fossero leggermente curvate. Aveva davvero sorriso senza lo scopo di sedurre? Ogni volta che il suo sguardo correva a lei, quelle labbra sensuali si curvavano. E ogni volta, Alex era attratta da quelle labbra e le osservava, pur detestandosi.

"Beh, ormai è tardi. Voi due avete ballato per tutta la notte. Senza dubbio, vorrete andare a letto. Venite, Worthing; vi farò accompagnare nella vostra stanza da un lacchè."

Non appena il padre di Alex gli voltò le spalle, Ambrose si leccò le labbra e guardò Alex come un gatto avrebbe guardato un canarino grasso. Alex arrossì. Era fondamentale che lei uscisse da quella stanza e raggiungesse la sicurezza delle sue stanze, dopo aver avuto modo di mettere in moto i suoi piani.

"Buonanotte, papà, signor Worthing." Alex baciò suo padre sulla guancia e, senza degnare Ambrose di uno sguardo, se ne andò.

Corse in cucina. Il grosso ambiente era stato spazzato con cura e le pentole erano appese alla rastrelliera di legno sopra al banco per le preparazioni principale. Le spezie penzolavano dallo spago vicino alle finestre, profumando la stanza di basilico e rosmarino.

Alex trovò la cuoca, la signora Cooper, intenta a fare l'inventario della dispensa.

"Uova, farina... sale e limoni. Voglio preparare della meringa tra qualche giorno."

La sguattera, Beth, aveva in mano carta e matita e stava prendendo appunti di ciò che era necessario. Alex sorrise. Se c'era una cosa che lei amava di suo padre al di sopra di ogni altra era l'insistenza del conte sul fatto che il suo staff imparasse a leggere e scrivere; non solo i servitori di rango più elevato, ma anche i più umili, fino alla sguattera.

Beth contrasse le labbra mentre scriveva 'limoni'. Poi sollevò lo sguardo, vide Alex e, con un sorriso sorpreso e timido, toccò le spalle della cuoca.

"Cosa c'è?" La signora Cooper si voltò e si ravviò una ciocca di capelli scuri che era sfuggita alla cuffia. "Oh, lady Alex, cosa posso fare per voi?"

Sentendosi un po' in colpa, ma decisa a non cambiare idea, Alex avvicinò la cuoca. "Signora Cooper, il nostro ospite, il signor Worthing, ha gusti molto particolari."

"Ah sì? Cosa gli piace? Voi mi conoscete, milady. Posso preparare qualunque cosa." La signora Cooper si mostrò orgogliosa.

"Purtroppo, il signor Worthing preferisce fare colazione e pranzo a base di porridge. E desidera essere servito nella sua stanza alle sei in punto, su un vassoio. Non ama mangiare con gli altri."

"Porridge? Va bene..." La signora Cooper si accigliò e si grattò la testa.

"Sì," disse Alex. "E non addolcitelo con zucchero o frutta. Lui lo preferisce amaro e molto salato."

Beth fece una faccia disgustata di fronte a quella descrizione e Alex non poté biasimarla. Il porridge era già una brutta cosa di per sé, ma del porridge salato... beh, quello era un orrore a parte.

"Siete proprio sicura, milady? Sarei lieta di preparare delle buone uova e—"

"Solo il porridge, signora Cooper." Alex dovette mordersi le labbra per non ridere al pensiero di come avrebbe reagito il povero

Ambrose quando gli sarebbe toccato mangiare porridge salato l'indomani mattina.

"Molto bene," sospirò la signora Cooper. Non era nella sua natura preparare cibi disgustosi. Era orgogliosa delle proprie doti culinarie.

"Ah, e dite alla signora Marsden che avremo bisogno che un lacchè faccia da valletto per il signor Worthing, questa sera. Il suo arriverà da Londra domani."

"Certamente." La signora Cooper annuì e andò in cerca dell'ufficio della signora Marsden. La governante avrebbe certamente saputo quale, tra i giovani servitori, sarebbe stato più adatto nel ruolo di valletto temporaneo. Alex avrebbe concesso almeno quello a Ambrose. Sorrise e dovette trattenersi dallo sfregarsi gioiosamente le mani. Se l'uomo avesse continuato a metterla alla prova, lei avrebbe fatto in modo che altre cose andassero storte durante il suo soggiorno.

Dovrei vergognarmi di me stessa. Ma così non è.

Alex salì al piano di sopra e andò in camera sua. La sua cameriera personale, Mary, stava sistemando il tavolo da toeletta e sorrise all'ingresso di Alex.

"Buonasera, milady." Una fossetta si formava nella guancia di Mary quando sorrideva.

"Buonasera, Mary." Alex chiuse la porta della camera da letto e si voltò per permettere alla sua cameriera di slacciarle abito e corsetto.

"Il ballo è stato piacevole?" chiese Mary in tono speranzoso. Alex condivideva sempre con lei i dettagli degli eventi a cui partecipava; sembravano piacerle molto le storie delle furiose cacce al marito delle giovani.

"Sì, ma solo perché ho incontrato il famigerato signor Worthing."

Mary gemette. "Non è l'ospite che è arrivato questa sera?"

Alex lasciò cadere a terra il vestito da ballo, vi uscì e si sfilò il corsetto allentato prima di togliersi le scarpe.

"Sì, ma ti ricordi che ti avevo parlato di lui? È uno dei libertini più famigerati di Londra." Alex appoggiò un piede sul letto e si slacciò la giarrettiera prima di sfilarsi le calze, una alla volta.

Mary recuperò abito e corsetto dal pavimento, appoggiandoli allo schienale di una sedia mentre prendeva le calze.

"Ricordo." Gli occhi verdi della cameriera erano spalancati. "Dunque soggiorna qui?" aggiunse in un mormorio scandalizzato. "Sua Signoria non è quindi al corrente della reputazione del signor Worthing?"

Alex scosse la testa. "Papà non presta orecchio ai pettegolezzi da Londra e di sicuro non darebbe più credito a essi che ai suoi presentimenti. Lui e il padre del signor Worthing sono buoni amici. Per cui, stai attenta quando sei vicina a lui, Mary. I libertini hanno lo sguardo attento e le mani lunghe." Onestamente, non credeva che Ambrose avrebbe cercato di sedurre una cameriera personale, ma voleva che Mary stesse comunque in guardia.

"Non preoccupatevi per me, milady. Ho due fratelli. Non esiste uomo capace di cogliermi alla sprovvista." Mary ridacchiò mentre lo diceva, raccogliendo la camicia da notte bianca dal letto e aiutando Alex a indossarla.

Una brezza all'esterno della finestra trascinò all'improvviso i rami sul vetro, provocando un suono stridente e facendo sobbalzare entrambe le ragazze.

"La signora Cooper, a cena, ci ha detto che probabilmente questa sera ci sarà un temporale," disse Mary.

Alex era d'accordo. Quando era uscita dal ballo, l'aria era carica del profumo della pioggia. Prese la vestaglia blu scuro e se la infilò prima di avvicinarsi alla finestra e sbirciare nella notte. Un velo cominciò a calare sul giardino mentre le nuvole liberavano una pioggia intensa. Le gocce d'acqua si schiacciarono contro la finestra.

"Avete bisogno d'altro, milady?" chiese Mary mentre prendeva i vestiti di Alex.

"No, grazie."

Alex guardò la pioggia continuare a cadere a scrosci in giardino e cercò di dimenticare com'era stato ballare con Ambrose. Era terribile avere uno splendido ricordo come quello che continuava a perseguitarla da quando era uscita dalla sala da ballo. Ma non riusciva a levarselo dalla testa.

Non dovrei essere tentata da lui.

Ma per quanto cercasse di convincersi, Alex *era* tentata. Per fortuna disprezzava ogni altra caratteristica di quell'uomo. Non avrebbe ceduto a un cretino tanto arrogante e pomposo.

Persa nell'idea di spaventarlo col porridge cattivo, rimase sconcertata quando il suo stomaco brontolò. Avrebbe dovuto prendere qualcosa dalla cucina quando vi si era recata.

Tanto vale tornare di sotto. La signora Cooper le lasciava sempre una deliziosa crostatina per quando lei tornava da un ballo. E poi, Alex non avrebbe dormito comunque bene: il suono della pioggia la rendeva sempre irrequieta. Avrebbe aspettato la fine del temporale mangiando qualcosa di dolce.

E non avrebbe più pensato a ballare con un libertino.

Compra il libro ora e leggi la loro storia qui!

Se ti iscrivi alla mia newsletter a questo link qui sotto, riceverai un'email quando sono stati rilasciati nuovi libri in italiano.

https://bit.ly/2I9ENkH

ALSO BY

Historical

The League of Rogues Series

Wicked Designs

His Wicked Seduction

Her Wicked Proposal

Wicked Rivals

Her Wicked Longing

His Wicked Embrace

The Earl of Pembroke

His Wicked Secret

The Last Wicked Rogue

The Seduction Series

The Duelist's Seduction

The Rakehell's Seduction

The Rogue's Seduction

The Gentleman's Seduction

Standalone Stories

Tempted by A Rogue

Sins and Scandals

An Earl By Any Other Name

A Gentleman Never Surrenders

A Scottish Lord for Christmas

Contemporary

The Surrender Series

The Gilded Cuff

The Gilded Cage

The Gilded Chain

The Darkest Hour

Love in London

Forbidden

Seduction

Climax

Forever Be Mine (Coming soon)

Paranormal

Dark Seductions Series

The Shadows of Stormclyffe Hall

The Love Bites Series

The Bite of Winter

Brotherhood of the Blood Moon Series

Blood Moon on the Rise

Brothers of Ash and Fire

Grigori

Mikhail

Rurik

Sci-Fi Romance

Cyborg Genesis Series

Across the Stars

L'AUTORE

USA TODAY Bestselling Author Lauren Smith is an Oklahoma attorney by day, who pens adventurous and edgy romance stories by the light of her smart phone flashlight app. She knew she was destined to be a romance writer when she attempted to re-write the entire *Titanic* movie just to save Jack from drowning. Connecting with readers by writing emotionally moving, realistic and sexy romances no matter what time period is her passion. She's won multiple awards in several romance subgenres including: New England Reader's Choice Awards, Greater Detroit BookSeller's Best Awards, and a Semi-Finalist award for the Mary Wollstonecraft Shelley Award.

To connect with Lauren, visit her at:
www.laurensmithbooks.com
lauren@Laurensmithbooks.com

- facebook.com/LaurenDianaSmith
- twitter.com/LSmithAuthor
- instagram.com/LaurenSmithbooks
- bookbub.com/authors/lauren-smith

Milton Keynes UK
Ingram Content Group UK Ltd.
UKHW020051100624
443713UK00004B/233

9 781947 206595